El Club Secreto de Mouse

Libros 1 - 8

PJ Ryan

Contents

"El Club Secreto de Mouse" es una serie de historias cortas para niños de 9-12 años con el resto de los títulos publicados progresivamente de manera regular. Cada título puede ser leído por sí solo.

Visita el sitio web del autor en:
PJRyanBooks.com

¡De verdad me encantaría oír de ustedes!

De verdad aprecio sus opiniones y comentarios así que gracias por adelantado por tomar su tiempo para dejar uno para "El Club Secreto de Mouse: Libros 1-8".

Sinceramente,
PJ Ryan

El Club Secreto de Mouse #1

¡Deja que Nieve!
(¡Dentro del Gimnasio!)

PJ Ryan

El Club Secreto de Mouse #1: ¡Deja que Nieve! (¡Dentro del Gimnasio!)

Capítulo 1

Toda la ciudad estaba zumbando. Todo el mundo está preparándose para el nuevo año escolar.

Los de primer grado saltaban de arriba abajo esperando el autobús escolar. Los guardias de cruce salpicaban las aceras y Mouse sonreía de oreja a oreja.

El primer día de clases era un día muy especial para Mouse. No solo significaba un nuevo año escolar para divertirse un montón, sino que también sería el primer año en que tendría su propio club secreto. No había mucho en la vida que podía hacerlo más feliz, excepto tal vez, un ratón en su bolsillo delantero. Echó un vistazo dentro del bolsillo de su camisa para ver un diminuto ratón blanco asomándose de él.

"¿Listo para la escuela?", le preguntó al ratón felizmente.

Mickey meneó su nariz como respuesta. Como de costumbre, el primer día de clases era correr de aquí allá entre las clases y averiguar quién tenía cuál maestro. La pregunta más importante, por supuesto, era quién almorzaba en el mismo período. Por suerte, él y su mejor amiga,

Rebekah, compartían el mismo período de almuerzo.

"¿Has oído las noticias?" Rebekah preguntó alegremente cuando se sentaron juntos.

"¿Cuáles noticias?" preguntó Mouse.

"¡Tenemos un nuevo director!" Rebekah sonrió. Mouse la miró por un momento, esperando que su anuncio siguiera con una acusación. Tal vez ella diría que el nuevo director estaba contrabandeando diamantes, o que era un cocodrilo encubierto. En cambio, se limitó a sonreír.

"Bien", él se rio un poco. "¿Cómo se llama?"

"Sr. Davis", dijo Rebekah mientras abría su cuaderno de detective. "Es del siguiente condado, ha trabajado como director por más de diez años y…"

"¿Hay algo que no sepas de él?" Mouse sonrió y negó con la cabeza.

"Tal vez", dijo Rebekah pensativa. "Pero no te preocupes, ¡lo descubriré todo!"

"Sé que lo harás", Mouse asintió con confianza. "Oye, escucha, quiero tener una reunión hoy después de clases, ¿está bien?"

"¿Una reunión?", preguntó Rebekah. "¿Qué tipo de reunión?" Entonces sus ojos se abrieron.

"Oh, te refieres a una reunión secreta", susurró en voz alta.

"Shh", Mouse le advirtió. "Solo es un secreto si nadie más lo sabe".

"Está bien, estaré allí", Rebekah sonrió. Se alegró de ser parte del Club Secreto de Mouse. Él pasó el resto de su primer día entregando mensajes a los otros niños de su club. En matemáticas, le pasó a Jaden una nota doblada en forma de balón de fútbol. Leyó la invitación y le asintió rápidamente a Mouse. En el gimnasio, Mouse pegó una nota a una pelota de voleibol y la rebotó en dirección de Amanda. Ella la cogió, leyó la nota y envió el balón de vuelta con una sonrisa y un guiño. En el recreo, Mouse se encontró con Max en la fuente de agua.

"¡Reunión después de la escuela!", anunció a Max, que estaba en bebiendo. Botó un chorro de agua mientras asentía.

Capítulo 2

Después de la escuela, Mouse se dirigió directamente a la casa del árbol en el bosque cerca del parque. Él fue el primero en llegar y subió la escalera que colgaba a lo largo del tronco del árbol.

Una vez dentro, sacó un viejo libro polvoriento que había encontrado allí. Contenía una variedad de divertidas bromas y trucos mágicos. No tenía ni idea a quién había pertenecido una vez el libro o la casa del árbol, pero se alegraba tanto de haberlos encontrado. Pronto, los otros niños comenzaron a llegar. Una vez todos reunidos en la casa club, Mouse no podía dejar de sonreír.

"Así que está es la primera semana de clases", comenzó a decir dramáticamente.

"El primer día", Rebekah corrigió.

"Bueno, en realidad el primer día ha terminado", Max comenzó a señalar.

"No, no, el primer día escolar ha terminado, pero el primer día de clases dura todo el día…"

"¡Oh, deténganse!" declaró Amanda llevándose las manos a los oídos. Rebekah ocultó una sonrisa y chocó los cinco con Jaden detrás de la espalda de Amanda.

"Está bien, está bien", Mouse se echó a reír. "Lo que estoy tratando de decir es que esto solo ocurre una vez al año. Creo que tenemos que hacer algo para que sea especial".

"El nuevo director, el Sr. Davis, está teniendo una asamblea especial al final de la semana para celebrar", Amanda informó a todos. "El club de arte está ayudando a hacer carteles para ello".

"¡Perfecto!", Dijo Mouse alegremente. "Estaba pensando en que podemos realizar un truco de magia para toda la escuela".

"¿Quieres decir delante de todo el colegio?", preguntó Max nerviosamente. "No estoy seguro".

"¿Por qué no?" Rebekah se encogió de hombros. "Conocemos a la mayoría de los niños y a los que no, los conoceremos para el final del año. Podría ser divertido. Si escogemos el truco correcto", señaló.

"Bueno, yo estaba pensando en…" Mouse hojeó el libro hasta el final y apuntó a la página que tenía un gran copo de nieve en ella. "¡Hacer que nieve en septiembre!"

"¿Es eso posible?", preguntó Jaden con escepticismo.

"Bueno, tiene que ver con los patrones del clima", Max comenzó a explicar en un tono lleno de certeza.

"No es nieve real", Mouse interrumpió antes de que les dieran una clase a todos. "Ese es el truco.

Hacemos que todo el mundo piense que está nevando, pero no es verdad".

"Suena divertido", Amanda se encogió de hombros. "¿Habrá brillantina involucrada?" sus ojos brillaron ante la idea.

"Nada de brillantina", dijo Rebekah firmemente. "Esa cosa se mete en todos lados".

"Así que está decidido", Mouse anunció. "Hablaré con el Sr. Davis mañana para ver si nos dejará a presentarnos en la asamblea".

Capítulo 3

En la escuela, al día siguiente, había un montón de carteles que hablaban sobre la asamblea. La mayoría de ellos tenía un montón de brillantina.

"Amanda ha estado aquí", Mouse murmuró en voz baja. Las salas estaban llenas de niños todavía acostumbrándose a su horario. Cuando Mouse se metió en la oficina del director, la secretaria detrás del mostrador parecía un poco agotada.

"Uh, hola, ¿me preguntaba si podía hablar con el Sr. Davis?", preguntó Mouse tan educadamente como pudo mientras trataba de evitar que el ratón en su bolsillo se asomara.

"¿Es muy importante?" la Sra. Malloy preguntó con el ceño fruncido. "Él está muy ocupado esta semana, ya lo sabes".

"Solo será un minuto", Mouse prometió mientras miraba hacia la puerta del Sr. Davis. "Puedo volver más tarde, si eso es mejor".

"No, no habrá ningún problema", dijo con un suspiro. "Aunque es mejor que sea rápido, ¿de acuerdo?"

"Absolutamente", Mouse asintió. Tocó ligeramente la puerta del señor Davis.

"Adelante", el hombre gritó desde el interior. Mouse abrió la puerta para encontrar la oficina de director más extraña que había visto. Claro que era la misma habitación del año pasado, pero el mobiliario era muy diferente. Había sillones *puff*, así como sillas normales. Las cortinas eran luminosas y amplias, ¡y la ventana estaba abierta! El Sr. Davis se sentó detrás de un escritorio que estaba hecho a partir de algo que parecía Legos.

"Guau", Mouse dijo mientras miraba alrededor. "Me gusta lo que ha hecho con el lugar".

"Gracias", el Sr. Davis sonrió mientras giraba en su silla. Y por girar, en realidad estaba dando vueltas en círculos antes de parar para mirar a Mouse. "¿Puedo ayudarle en algo?"

"Señor, tenía la esperanza de que pudiéramos montar un espectáculo de magia en la asamblea de bienvenida", Mouse explicó con una amplia sonrisa.

"Bueno, eso suena encantador", dijo el director con un ligero giño. "Estoy seguro de que podemos incluirlo. ¡Solo asegúrese de deslumbrarnos!" sonrió el director. A Mouse realmente le gustaba el Sr. Davis. Parecía tan emocionado como los niños de iniciar el nuevo año escolar.

"¡Me aseguraré de eso!", dijo Mouse con orgullo mientras salía de la oficina.

Capítulo 4

Amanda se organizó con el profesor de arte para usar la sala de arte después de la escuela. Todos en el Club Secreto de Mouse se reunieron allí cuando las clases terminaron ese día. Amanda mostró los suministros que necesitarían mientras que Mouse repasó de nuevo las instrucciones del truco.

"Así que cada uno tendrá su propia capa y sombrero de copa", él apunto hacia los sombreros de copa y el material negro brillante en la mesa. "Podemos cortar nuestras propias capas".

"Oh, ¿saben qué se vería muy bien en este material negro?" Amanda preguntó mientras levantaba el material.

"NO lo digas…" Jaden le advirtió.

"Lo va a hacer", Rebekah se encogió de hombros.

"¡Nada de brillantina!" Max insistió.

"¿Ni siquiera un pequeño polvoreado?" Amanda declaró.

"La brillantina ensucia todo", Mouse señaló. "Podría arruinar nuestro truco. Tenemos que asegurarnos de que todo esté configurado simplemente a la perfección. ¡Ahora abramos algunos agujeros en estos sombreros!"

Abrieron varios agujeros pequeños en la parte superior de los sombreros de copa. Una vez hecho esto, Mouse les mostró los pequeños ventiladores que cabrían debajo de las mesas.

"Así que lo que haremos será utilizar las pequeñas mesas cuadradas, y podemos dejar suficiente espacio entre ellas para colocar el sombrero en la parte superior. Para ocultar los ventiladores y las mesas usaremos un mantel, ¡pero también pondremos agujeros en el mantel! Tenemos que asegurarnos de que este esté bien pegado con cinta adhesiva para que no vuele y revele nuestro truco".

"Creo que has pensado en todo", dijo Max con una sonrisa. "¡Esto va a ser genial!"

"La asamblea es en dos días, quiero que todos nos aseguramos de llegar a la escuela temprano.

No podemos permitir que alguien nos vea colocando la mesa".

"¿Temprano?" Jaden gimió y sacudió la cabeza. "Temprano y yo no nos llevamos muy bien".

"Solo por esta vez", Mouse rio. "¡Será perfecto!"

Mientras se inclinaba para apilar los ventiladores de vuelta en la caja en que los escondía, el ratón en su bolsillo delantero se deslizó fuera. Aterrizó en la mesa de arte.

"Uh, uh, uh", Amanda jadeó mientras retrocedía rápidamente. Todavía no estaba muy acostumbrada a las mascotas de Mouse.

"Está bien, lo agarraré", dijo Mouse rápidamente.

"Date prisa antes de que él se meta en la…" Rebekah suspiró y se dio una palmada en la frente.
"¡Brillantina!"

Efectivamente, el ratoncito blanco había derrapado justo en un montón de brillantina sobrante. Él ya no era blanco. Era un ratón brillante, ¡y la estaba extendiendo por todas partes!

"¡Atrápenlo!" Max llamó. "¡No lo dejen entrar en los sombreros de copa!"

Jaden se lanzó en buca del ratón a un lado de la mesa, mientras que Mouse trató de atrapar a
Mickey en el otro lado. Amanda, quien se había dado la espalda y se había cubierto los ojos, no
ayudaba en absoluto. Rebekah no podía dejar de reír.

"Oh, necesitamos una imagen de esto", se rio. "¡Nunca había visto un ratón tan lindo!"

Mouse finalmente recogió a Mickey en el otro lado de la mesa y de mala gana lo metió en el bolsillo de su camisa. Sabía que su bolsillo ahora estaría lleno de brillantina, pero eso era mejor que un ratón perdido.

"Recuerden, en viernes en la mañana todos lleguen aquí temprano", dijo Mouse firmemente mientras palmeaba su bolsillo. Limpiaron el lío que Mickey había hecho y se aseguraron de que todos los elementos que necesitarían para el truco de magia fueran almacenados de manera segura. Mientras caminaban a casa ese día, Rebekah parecía estar entusiasmada con el truco.

"Creo que va a ser fantástico", dijo ella rápidamente. Mouse nunca la había visto tan entusiasmada con uno de sus trucos.

"Tiene que ser perfecto", dijo Mouse, nervioso. "Es nuestro primer truco de magia como un club".

"Será genial", Rebekah sonrió con orgullo, luego se despidió al llegar a su casa.

Capítulo 5

Mouse tuvo problemas para dormir esa noche. No dejaba de pensar en el truco y todo lo que podía salir mal. Sabía que era mejor pensar que saldría bien, pero su mente seguía yéndose hacia lo peor.

Tal vez los ventiladores no se enciendan. Tal vez los sombreros estallarían en el aire. Tal vez todo el mundo sería capaz de ver que había ventiladores debajo del mantel. Él se volteaba de aquí allá en la cama, manteniendo a su jaula de ratones despiertos mientras lo hacía.

En el momento en que se levantó a la mañana siguiente, estaba muy asustado. Estaba seguro de que algo saldría mal con el truco si no era muy cuidadoso. Pasó su día en la escuela dibujando diagramas y haciendo listas de cosas que debía revisar.

Después de la escuela, se coló de nuevo en la sala de arte para hacer un simulacro. Se aseguró de que los ventiladores estuvieran funcionando y de que los sombreros de copa estuvieran listos.

Luego, repasó el discurso que tenía previsto entregar. Mouse nunca había hablado en frente de una multitud antes, y la idea lo ponía un poco nervioso. Así que puso a Mickey en la mesa frente a él.

De esa manera, al menos, tendría alguien que lo observara. Al repasar su discurso y las palabras mágicas que diría sobre el sombrero, estaba cada vez más y más emocionado. Par mañana, toda la escuela sería presentada a Mouse y sus amigos magos.

Capítulo 6

La mañana de la asamblea, Mouse se despertó muy temprano. Peinó su rubio cabello cuidadosamente. Incluso se puso una corbata. Dobló su capa negra y la guardó en su mochila. Entonces, se aseguró de que tenía todo lo que necesitaba para llevar a cabo el truco.

Incluso trajo una caja extra de escamas de jabón por si algo le pasaba a las otras cajas. Se aseguró de comer un desayuno saludable. Luego, se acercó a la casa de Rebekah a su encuentro. Ella estaba bostezando mientras caminaba fuera de su puerta principal. No había tenido tanto cuidado con su vestuario, pero podía ver una esquina negra que sobresalía de su mochila, así que al menos tenía su capa.

"Estoy muy emocionado", dijo Mouse felizmente mientras caminaban hacia la escuela.

"¿Estás seguro de que estás listo para esto?", ella le preguntó con el ceño ligeramente fruncido.

"Por supuesto que sí", dijo Mouse con firmeza. "Tengo mi capa, tengo mi mejor corbata…"

"¿Pero no crees que podría estarte faltando algo?" Rebekah preguntó con una media sonrisa.

"¿Qué?" Mouse suspiró y se detuvo para mirar a su amiga. "¿Qué podría faltarme?"

Rebekah bajó los ojos a la acera debajo de sus pies. Sus pies estaban cubiertos con unas nuevas zapatillas de deporte verdes. ¡Los pies de Mouse estaban desnudos!

"¡Oh, guau!" Mouse movió los dedos de los pies un par de veces. "Supongo que sí olvidé algo", se rio y corrió de vuelta a su casa. Cuando regresó, tenía sus zapatos.

"Ahora estoy listo", anunció con confianza.

"Eso espero", dijo Rebekah con una sonrisa. Llegaron a la escuela muy temprano, no habían muchos otros niños allí. Max llegó justo después de ellos, con Amanda. Jaden apareció unos minutos más tarde, con mucho sueño.

"Estoy aquí", dijo malhumorado.

"Está bien, organicemos todo", dijo Mouse. Llevaron sus suministros de la sala de arte al gimnasio, donde se celebraría la asamblea. El conserje les ayudó a establecer las mesas cuadradas. Luego, colocaron cada ventilador en el lugar correcto bajo las aberturas de las mesas.

Mouse se aseguró de que cada uno tuviera un interruptor que podía ser presionado por uno de los pies del mago. Entonces, trabajaron juntos para extender el mantel sobre las mesas y pegarlo con cinta a lo largo de las patas de la mesa y en el suelo delante de la mesa.

"Probémoslo", dijo Mouse. Cada uno pisó un interruptor y los ventiladores se encendieron. El mantel ondulaba un poco, pero no volaba en el aire.

"¡Perfecto!", dijo Mouse felizmente. Cada uno posicionó un sombrero de copa encima de las aberturas en las mesas, sobre los agujeros en el mantel. Mientras Mouse llenaba cada sombrero con una buena ración de escamas de jabón, Rebekah miraba fijamente las mesas.

"No sé", Rebekah frunció el ceño y tocó su barbilla ligeramente. "No estoy segura de que esto vaya a funcionar", ella negó con la cabeza mientras miraba de cerca los ventiladores. Mouse los tenía listos para funcionar en velocidad baja cuando se pulsara el interruptor, pero Rebekah no pensaba que eso sería lo suficientemente fuerte. Ella no quería que el gran despliegue de Mouse fallara. Así que simplemente cambió los mandos a alto muy rápidamente mientras Mouse le daba la espalda. Mientras ella cepillaba hacia abajo el mantel, Amanda la miró a los ojos.

"Rebekah, ¿qué acabas de hacer?", preguntó con suspicacia.

Rebekah sonrió inocentemente. "Solo asegurándome de que todo esté listo", batió sus ojos.

Capítulo 7

Amanda todavía estaba muy dudosa, pero no había tiempo para hacer más preguntas. El espectáculo estaba a punto de comenzar. Todos los estudiantes se habían reunido en las gradas.

Había un montón de ruido en el gimnasio, con los niños que gritaban y los maestros pidiendo silencio.

El Sr. Davis se dirigió al centro del gimnasio donde se había colocado un pie de micrófono. Tocó el micrófono ligeramente con un dedo, lo que provocó un fuerte sonido que resonó por el gimnasio.

"¡Bienvenidos, bienvenidos, bienvenidos!" anunció alegremente. "Nuestra primera semana ha sido increíble, y el resto del año también lo será. Para mostrarnos un poco de esta magnificencia,

¡Mouse y sus amigos nos presentarán un espectáculo de magia! ¡Así que démosles un aplauso!"

Los niños en las gradas empezaron a aplaudir con fuerza. Mouse se dio la vuelta para ver los aplausos y no pudo evitar sonreír. No siempre había sido el chico más popular de la escuela, así que era agradable ver a todos felices. Solo esperaba que el truco de magia saliera sin problemas.

Amanda, Mouse, Rebekah, Max y Jaden tomaron sus lugares detrás de los sombreros de copa negros que estaban alineados en la mesa. Cada uno tenía una varita que coincidía con sus capas negras. Incluso el pequeño ratón blanco que asomó su cabeza fuera del bolsillo de Mouse tenía un pequeño trozo de material negro atado alrededor de su cuello.

"Como hoy es el primer día de clases, y el verano ya está atrás, ¡podemos empezar a esperar nuestros primeros días de nieve!" Mouse anunció con regocijo mientras agitaba su varita por encima de su sombrero de copa. "Así que para darles una vista previa del invierno, ¡yo y mis compañeros magos haremos que nieve!"

Algunos de los niños en las tribunas aplaudieron, pero la mayoría se quejó. Nadie creía que Mouse pudiera hacer que nevara, mucho menos dentro del gimnasio. Pero Mouse no dejó que sus dudas le detuvieran. Él respiró hondo y luego agitó su varita por encima del sombrero de copa ante él.

"La escuela es donde aprendemos todo lo que sabemos, ¡ahora también será donde nieva!" Todos ellos tocaron sus sombreros de copa, al mismo tiempo, lo más rápido y tan alto como pudieron para cubrir el sonido de los ventiladores encendiéndose.

Al principio, el truco funcionó a la perfección. Las escamas de jabón, que se parecían mucho a la nieve, flotaban hacia arriba desde cada uno de los sombreros. Flotaban por el aire con aleteos lentos. Entonces, de repente, más y más salió volando de los sombreros. Se disparaban alto en el aire, mucho más alto de lo que Mouse había planeado.

"Oh, no", dijo con los dientes apretados. "¡Algo anda mal!"

Capítulo 8

Rebekah estaba riendo de alegría mientras el gimnasio entero comenzó a llenarse de las escamas de jabón. Flotaban más y más hacia el techo. Los niños en las gradas estaban aplaudiendo y animando. Algunos incluso se ponían de pie y gritaban su aprobación. El truco fue un gran éxito. El Sr. Davis se estaba riendo y aplaudía junto con los estudiantes y otros profesores. Las escamas de jabón se arremolinaban alrededor del techo, y alrededor de los aspersores.

"Oh, oh", dijo Jaden en voz baja al sentir el primer goteo de un aspersor que golpeaba su frente.

"¿Qué?" Amanda preguntó mirando hacia el techo. Una gota de agua le llegó justo encima de su ceja. "¡Uh!" se secó la frente y apartó algunas burbujas.

"¡Oh, no!" los ojos de Max se abrieron cuando se dio cuenta de lo que estaba sucediendo.

"Mouse, los aspersores…" empezó a decir, pero ya era demasiado tarde. Los aspersores se encendieron y comenzaron a bañar al gimnasio, y a todos los estudiantes y el personal en su interior, con agua. Pero el agua de los rociadores también se mezcló con las escamas de jabón que todavía flotaban en el aire. ¡Había burbujas por todas partes! Las burbujas caían del techo y llegaban hasta los sombreros de copa sobre la mesa.

"¡No, no, no!" Mouse gruñó mientras trataba de cubrir su cabello rubio. "¡Esto no tenía que suceder!"

Había un montón de gritos mientras los maestros corrían a cubrirse. La mayoría de los niños bajaba fuera de las gradas para correr hacia el gimnasio resbaladizo.

"¡Alto, alto!" gritó el Sr. Davis. Él estaba tratando de hacerse oír por encima del estruendo de la multitud. "¡Tengan cuidado! ¡No se caigan!" Comenzó a correr con las mejillas rojas hacia la mesa donde estaba parado Mouse. Pero sus zapatos de vestir se deslizaron en las burbujas que se habían acumulado en el suelo. ¡Se fue deslizando a través del gimnasio!

"¡Tendré detención de por vida!" Mouse gritó. Amanda y Jaden se acercaron para intentar coger al Sr. Davis, pero él se deslizó frente a ellos. Se veía muy preocupado al principio y luego, de repente, empezó a hacer un sonido muy extraño.

"¡Wiiiii!" Exclamó entre risas. "Oh, guau, esto es divertido", sonrió mientras empezaba a patinar de vuelta al otro lado del gimnasio. Los estudiantes estaban tan sorprendidos como los profesores cuando vieron a su nuevo director pasar un buen momento con las burbujas.

El conserje ya le había dado a la manivela para apagar los aspersores, pero todavía había un montón de burbujas esparcidas. Mouse sabía que aún no estaba fuera de peligro, pero pensó que bien podría unirse a la diversión. Comenzó a construir esculturas con las burbujas. Max, por supuesto, patinó a través de ellas. Jaden, Amanda y Rebekah estaban teniendo una pelea de bolas de jabón con otros niños. Mouse miró de reojo a Mickey, que estaba metido en el bolsillo de su camisa. Tenía una gotita de burbujas en la parte superior de su cabeza.

"Bueno", dijo Mouse con un encogimiento de hombros. "¡Tal vez todo salió mal, pero al menos fue divertido!"

Capítulo 9

El Sr. Davis dejó que los niños jugaran durante un rato, antes de que bramara por encima de las risas y gritos.

"Ahora que estamos todos empapados, vayan con la Sra. Rose por sus uniformes de gimnasia y procedan a sus salones de clases", dijo con severidad. La Sra. Rose estaba en el pasillo con una gran caja de uniformes de gimnasia que serían entregados durante la asamblea. Por lo menos todos los niños tenían algo para cambiarse. A medida que los niños comenzaron a caminar fuera del gimnasio, el Sr. Davis habló de nuevo.

"Tú no, Mouse, ni tus amigos", dijo rápidamente. Mouse se preparó. El Sr. Davis se había estado divirtiendo en el jabón, pero eso no quería decir que no estaba molesto por toda la situación.

Cuando Mouse se volteó hacia él, el Sr. Davis tenía los brazos cruzados y los ojos entrecerrados.

"¿Usted planeó esto, joven?", preguntó a Mouse con severidad.

"No, señor", Mouse negó con la cabeza rápidamente. "Los ventiladores no eran tan fuertes cuando los probé. ¡No sé cómo llegaron tan alto!"

Amanda disparó una mirada a Rebekah, lo que hizo que los ojos de Mouse se agrandaran.

"Bueno, ya no importa lo que salió mal", dijo el Sr. Davis con calma. "Ustedes cinco tiene un montón de limpieza que hacer".

El conserje entró con trapeadores, cubos y toallas.

Mouse miró el gimnasio cubierto de jabón. Había jabón en las paredes, en las gradas, e incluso en los aros de baloncesto. No estaba seguro de cómo limpiarían todo.

"¿Algún truco de magia en el libro que ayudará con esto?" Max susurró en el oído de Mouse mientras el Sr. Davis se alejaba. Amanda suspiró mientras cogía un trapeador. Jaden comenzó a recoger burbujas con uno de los grandes cubos. Rebekah llevaba una toalla grande hacia las gradas para limpiarlas. Max cogió una de los trapeadores y la hizo girar hacia el aro de baloncesto, barriendo las burbujas. Mouse siguió a Rebekah. Estaba frotando las gradas cuando oyó a Mouse detrás de ella.

"Entonces", dijo mientras empujaba el trapeador a lo largo de un charco de agua. "¿Exactamente cómo crees que los ventiladores se configuraron en alto?" Él entrecerró los ojos. Rebekah lo miró inocentemente.

"Bueno, solo pensé que sería más divertido…" empezó a decir.

"Rebekah, ¿cómo pudiste?" Mouse exigió con frustración. "Tenía todo planeado a la perfección".

"Lo siento", Rebekah frunció el ceño. "Yo no creía que causaría todo esto".

"Por supuesto que no", Mouse se encogió de hombros mientras se movía al siguiente charco.

"Pero, Mouse, tienes que admitir algo", dijo Rebekah mientras también se movía por las gradas.

"¿Qué?", preguntó sin levantar la vista del charco que estaba limpiando.

"¡Fue más divertido!" Rebekah se rio y le lanzó un puñado de burbujas de jabón.

Mouse rio y le lanzó uno de vuelta. "¡Está bien, lo fue!", admitió. Pronto, los cinco niños estaban teniendo otra pelea de bolas de jabón. Cuando la hora del almuerzo llegó, ya tenían el gimnasio limpio. La Sra. Rose le entregó a cada uno un uniforme nuevo de gimnasia para cambiarse.

Después de cambiarse, Mouse empezó a dirigirse a la cafetería, pero el Sr. Davis lo atrapó en el pasillo.

"A mi oficina, por favor", señaló al final del pasillo. Mouse dio un respingo. Era solo la primera semana de clases y ya estaba siendo enviado a la oficina del director. El Sr. Davis entró en el gimnasio para comprobar la limpieza mientras que Mouse se dirigía a su oficina.

Capítulo 10

Mouse acercó una silla *puff* al frente del escritorio del Sr. Davis.
Cuando el director entró, se veía bastante sombrío. Se había puesto un
uniforme de gimnasia, ya que su traje estaba empapado con burbujas y
agua. Cuando se sentó detrás de su escritorio, no se veía como el
director; pero su mirada constante, sí. Mientras miraba a Mouse a
través del escritorio, este trató de hacerse tan pequeño como su
nombre declaraba.

"Así que fue un acontecimiento interesante", dijo el director de
severidad.

"Lo siento", dijo Mouse rápidamente. "No tenía ni idea de que iba
a suceder…"

"Por supuesto que no", el director bajó la voz a un susurro
mientras continuaba. "Te diré un secreto, ¡yo tampoco sabía que iba a
suceder!"

Mouse se le quedó mirando, sintiéndose confundido. No sabía si el
Sr. Davis le estaba tomando el pelo o si hablaba en serio. "En realidad,
su pequeño truco ayudó a la escuela. El sistema de riego no debería
haber sido encendido por escamas de jabón. Si no fuera por su
espectáculo de magia, no sabríamos que los sensores necesitan
actualizaciones. Además…" se sentó en su silla y cruzó las manos sobre
su estómago. "¡Nuestro gimnasio es ahora el gimnasio más limpio todo
el condado!"

Mouse sonrió con eso. "Bueno, eso es cierto", asintió con la cabeza rápidamente.

"Pero", continuó el Sr. Davis, a lo que Mouse hizo una mueca de dolor. "Todavía no podemos permitir que este tipo de cosas pasen en la escuela. Así que dejaré pasar esta, porque estoy seguro de que no volverá a ocurrir. ¿Cierto?", miró a Mouse directamente a los ojos.

"Oh, por supuesto, muy cierto", Mouse asintió mientras se inundaba de alivio. Él no tenía ganas de explicarles la detención a sus padres.

El Sr. Davis asintió, haciendo una nota sobre el archivo en frente de él, y luego lo cerró. "Adiós, entonces, ¡de vuelta al aprendizaje!"

Mouse no podía creer su suerte mientras se apresuraba a salir de la oficina del director. Se alegró de que el Sr. Davis tuviera un buen sentido del humor.

Capítulo 11

Después de la escuela, Mouse y el Club Secreto se reunieron en la casa del árbol. Rebekah estaba esperándolo en la parte inferior de la escalera.

"¿Y? ¿Qué te hizo?", preguntó con impaciencia. "¿Va a hacerte fregar los baños o limpiar por el equipo de fútbol?"

"No", Mouse rio y negó con la cabeza. "Lo dejó pasar".

"¿Qué?", dijo Rebekah con sorpresa. "¡Eso es maravilloso!"

"Creo que sí", Mouse estuvo de acuerdo. "¿Están todos en la casa del árbol?"

"Sí, apostábamos por si sobrevivirías", Rebekah sonrió y subió por la escalera. Una vez que estaban reunidos en el interior de la casa del árbol, todos empezaron a hablar a la vez.

"Las burbujas eran geniales…" Jaden empezó a decir.

"¿Viste la mirada en su caras…?" Amanda intervino.

"No tendré que tomar un baño durante una semana…" Max rio.

"¡Nunca me había deslizado tan rápido!", agregó Rebekah.

"No puedo esperar para hacerlo otra vez", anunció Mouse.

Todas las charlas se calmaron de inmediato. Los amigos de Mouse lo miraron en estado de shock.

"¿Qué acabas de decir?", preguntó Rebekah, sus ojos muy abiertos.

"Dije que no puedo esperar para hacerlo otra vez", Mouse sonrió.

"¿Otra vez?" Amanda frunció el ceño. "¿Pero no te parece que nos meteremos en problemas?"

"Solo tendremos que mantener nuestras travesuras mágicas fuera de la escuela", Mouse rio. "Y asegúrense de que nadie ajuste los ventiladores", lanzó una mirada de complicidad a Rebekah.
Ella silbó inocentemente y miró hacia otro lado.

Mouse sacó un pequeño álbum de recortes de su mochila. "Cuando descubrí este lugar, encontré un libro de bromas, y creo que deberíamos tener uno propio".

Todos sus amigos estuvieron de acuerdo y comenzaron documentando su broma sorpresa.
Mientras Mouse y sus amigos se reían y gritaban, él estaba seguro de que este iba a ser el mejor año escolar de la historia.

El Club Secreto de Mouse

#2: El Parque Embrujado

Capítulo 1

Había magia en el aire por todo el pequeño pueblo donde vivía Mouse. En realidad, había fantasmas de bolsa de plástico, máscaras de papel y escobas de brujas en el aire, colgando por todas las casas de su vecindario. Todo el mundo estaba decorando para Halloween. Mouse siempre disfrutaba de esta época del año porque a todo el mundo le gustaba un buen susto. Pero, por lo general, él era el que lo repartía.

Él estaba caminando hacia su casa alrededor de dos semanas antes de Halloween, silbando una melodía y balanceando su mochila. Era una fresca y tranquila tarde de otoño. Al menos era tranquila hasta que oyó los gemidos detrás de él. Rápidamente miró por encima del hombro para descubrir un grupo de zombis que se acercaba lentamente.

¿Cómo sabía que eran zombis? Tenía algo que ver con los brazos extendidos, las pálidas caras y la baba. Definitivamente la baba. Corrió lo más rápido que pudo a su casa, con los zombis persiguiéndolo. Una vez que llegó allí, cerró la puerta y se asomó a través de las cortinas.

Vio a los zombis caminando a la entrada de su casa. "¡No!", gritó y salió corriendo hacia el baño. Tomó un poco de champú y una botella de spray. Mezcló el champú y un poco de agua dentro de la botella de spray. Cuando volvió a mirar por la ventana, los zombis estaban en su porche. Abrió la puerta principal y salvajemente lanzó la sustancia a los zombis.

"¡Atrás, bestias!" les gritó y el pequeño ratón que tenía en su bolsillo delantero se agachó.

"¡Atrás!", gritó de nuevo y roció a cada uno de los zombis en la cara. Sus gemidos se convirtieron en lloriqueos mientras se limpiaban sus ojos. Se quitaron la pintura blanca de sus caras. Al desaparecer la pintura blanca, pronto descubrió que no eran zombis en absoluto. Eran los miembros de su club secreto.

"¡Muchachos!", dijo Mouse con exasperación. "¿Qué estaban pensando?", se metió en la casa y regresó con unas toallas para limpiar sus ojos y caras.

"Rebekah", dijo y le entregó una de las toallas. Su rostro aún estaba manchado de pintura y sus ojos verdes estaban un poco de rojos por el champú. "Amanda", dijo y le entregó a la niña junto a Rebekah una toalla. Ella había cerrado sus ojos marrones para mantener fuera el champú, pero todavía tenía algo de baba falsa en la barbilla. "Max", Mouse suspiró y le dio una toalla para que pudiera quitarse la sangre falsa de la herida que había pintado en su mejilla.

"Lo siento, Mouse", dijo Max con timidez mientras tomaba la toalla.

"Mmmm", Mouse lo fulminó con la mirada y también le entregó a Jaden una toalla. No podía dejar de reír el tiempo suficiente para limpiar la pintura.

"¡Deberías haber visto tu cara!", apuntó a Mouse con una sonrisa. "¡Ojalá tuviera una cámara!"

"Ja, ja, muy gracioso", Mouse suspiró y sacudió la cabeza. "Realmente tenemos que trabajar en tu gemido de zombi, Jaden. No fue convincente en absoluto".

"Te puso a correr", Rebekah señaló con una risita. Mouse frunció el ceño y se cruzó de brazos.

"No te enojes", Amanda suspiró mirándolo. "Solo queríamos sorprenderte y jugarte una broma por una vez".

"Muy bien", Mouse rio y negó con la cabeza. "Tengo que admitir que me hicieron creerlo".

Los amigos de Mouse pertenecían a su club secreto. En este club secreto, tramaban bromas y travesuras mezcladas con algunos trucos de magia. Era muy divertido y nunca se quedaban sin ideas. Pero es cierto que Mouse normalmente hacía la broma, y a menudo no caía en una él mismo.

"¿Dónde obtuvieron toda la pintura?", preguntó con curiosidad.

"Club de arte", dijo Amanda con orgullo. Ella era uno de los mejores artistas en su escuela y tenía vía libre en la sala de arte después de la escuela. Por lo general, esto significaba que todo estaba cubierto de brillantina.

"¿Están listos para Halloween?" Mouse preguntó mientras recogía todas las toallas cubiertas de pintura.

"Supongo", dijo Max con el ceño fruncido.

"¿Qué pasa?", Preguntó Mouse.

"Bueno, Halloween es mucha presión, ¿sabes? ¡Tenemos que pensar en algo grande que hacer!"
Max anunció a la vez.

"Algo mejor que zombis", Jaden estuvo de acuerdo.

"¡Algo tan espeluznante que nadie será capaz de dormir por la noche!" Amanda añadió con alegría. Todo el mundo la miró con miradas un poco horrorizadas. "Bueno, bueno, solo por una noche", sonrió inocentemente.

Capítulo 2

Después de la escuela, al día siguiente, se reunieron en el parque. En el borde del campo yerboso, cada uno entró a escondidas en el bosque. No muy lejos en el bosque era donde celebraban sus reuniones secretas. La casa club de Mouse era una casa del árbol que tenía una escalera de cuerda colgando de ella. Ninguno de ellos sabía quién había construido la casa del árbol, Mouse solo la había encontrado un día. Ahora les pertenecía, junto con el libro de magia y bromas que encontraron en su interior.

Uno a uno subió la escalera de cuerda tan silenciosamente como podía. Era importante no hacer demasiado ruido. No querían que otros niños en el parque supieran que la casa del árbol estaba allí. Mouse había colocado letreros para que otros niños no entraran. Una vez dentro, se reunieron cerca del libro de bromas y trucos.

"Entonces, ¿qué vamos a hacer?" Max preguntó mientras miraba las ideas en el libro.

"¡Tiene que ser algo grande!" Amanda anunció. "¡Algo espectacularmente espeluznante!"

"Oh, inteligente", Rebekah se rio, al igual que Jaden.

"¿No querrás decir espeluz-tacular?" él se rio.

"Buena esa", Max sonrió y negó con la cabeza. "Pero todavía no hemos escogido una broma".

"Lo sé", dijo Mouse y bajó la voz. "Tiene que ser algo realmente aterrador. ¡Tal vez una casa embrujada!"

"De ninguna manera", Jaden gimió. "Todo el mundo hace una casa embrujada en Halloween. No podemos hacer eso. ¡Tenemos que hacer algo sorprendente, diferente, algo que nadie espera!"

"Mm, ¿dónde esperaría menos la gente ser asustada?", dijo Rebekah pensativa. Ella amaba tener un buen rompecabezas que resolver.

"La tienda de comestibles", Amanda sugirió.

"Ehh", Mouse negó con la cabeza. "Mucho desorden".

"¿La biblioteca?" Max chasqueó los dedos y sonrió.

"Ehh", Mouse negó con la cabeza. "Demasiado tranquilo. Nos expulsarían antes de incluso poder planificar la broma".

"La playa", dijo Jaden con confianza.

"Uh, ¿nunca has oído hablar de los tiburones?" Rebekah preguntó con el ceño fruncido.

"Buen punto", Jaden rio. "Supongo que la playa puede ser un lugar peligroso".

"Sin embargo, un lugar al aire libre sería bueno", dijo Mouse mientras se frotaba la barbilla.

Justo en ese momento, oyeron algunos gritos juguetones que provenían del parque cercano. Los gritos eran ruidosos, pero estaban llenos de risas, no de miedo.

"Eso es", dijo Mouse con una sonrisa oscura. "¡El parque!"

"Oh, eso es perfecto", Rebekah estuvo de acuerdo y aplaudió.

"No sé", Amanda frunció el ceño. "¿No crees que no se debe jugar con algunas cosas?"

"No, lo siento", Mouse negó firmemente con la cabeza. "El parque es válido. Creo que es momento que le demos a los niños una razón para pensar dos veces antes de subirse a los columpios".

"Me encanta", Max asintió.

"¿Pero por qué iría alguien a un parque infantil embrujado?" Jaden señaló.

"Ellos no sabrán que está embrujado", respondió Mouse. "Difundiremos rumores sobre que suceden cosas terroríficas. Entonces, ¡solo los niños lo suficientemente valientes como para comprobarlo serán los que se asustarán!"

"No es una mala idea", Amanda finalmente accedió.

"¿Qué clase de rumores vamos a difundir?", preguntó Jaden con curiosidad.

"Bueno, no todos podemos difundirlos", dijo Mouse con firmeza. "O la gente sospechará.

Veamos", señaló a Max. "Quiero que tú y…" señaló a Amanda. "... Sean los que difundan los rumores. Simplemente inventen algunas historias de fantasmas. ¡Será genial!" Mouse se frotó las manos con regocijo.

Capítulo 3

Al día siguiente, en la escuela, Amanda y Max cumplieron su promesa. Amanda les dijo a todos sus amigos acerca de la experiencia terrorífica que sufrió en el parque.

"Me quedé un poco más tiempo del que debía", admitió en un susurro. "Por lo general, me dirijo a casa justo antes del atardecer. Pero me estaba divirtiendo tanto lanzando al aro que decidí quedarme un poco más. Para el momento en que estaba lista, los otros chicos se habían ido. El parque estaba vacío y yo estaba sola", suspiró dramáticamente. Los amigos con que estaba sentada en el almuerzo se acercaron a ella, ansiosos por escuchar lo que pasó después. "Empecé a caminar por la acera para dejar el parque, pero entonces escuché unos ruidos extraños. Como gemidos", ella se estremeció del miedo. "Pensé que alguien podría estar en problemas o lastimado, así que miré a mi alrededor para ver de dónde venían".

"¿Qué viste?" una chica sentada frente a ella le preguntó, con los ojos muy abiertos.

"¡Rostros flotando en el aire!" Amanda anunció. "¡Vampiros, hombres lobo, monstruos, todos ellos!"

"¡Oh, no!" otra chica gritó a su lado. "¿Corriste?"

"Lo intenté, pero", cerró los ojos con fuerza, como si estuviera aterrorizada. "Cuando me di la vuelta para correr, ¡había un fantasma justo en frente de mí! ¡Entonces escuché un golpeteo y traqueteo!"

"Guau", un niño al otro lado de ella negó con la cabeza. "Yo hubiera estado gritando por ayuda".

"Estaba tan asustada que no podía gritar", Amanda suspiró. "Cerré los ojos y corrí tan rápido como pude. No pensé que lograría salir del patio de recreo".

"Eso suena como una historia inventada", dijo otro chico con escepticismo. "¿Por qué todos esos monstruos estarían juntos en el parque?"

"No sé", Amanda negó con la cabeza. "Tal vez a los monstruos también les gustan los parques infantiles".

Capítulo 4

Max estaba jugando a pillados en el gimnasio con los otros niños de su clase. Cuando uno de los niños llegó a pillarlo, chilló.

"¡Oh, no, está sucediendo de nuevo!" gritó y corrió tan rápido como pudo. Justo como él había esperado, todos los niños querían saber qué le pasaba. Max realmente interpretó la parte de jadeo, sus ojos enormes de miedo.

"Lo siento, chicos, sé que solo estamos jugando, pero recientemente algo realmente aterrador me sucedió en el parque".

"¿Qué podría ser aterrador en el parque?", uno de sus amigos se rio.

"Nada", Max se encogió de hombros. "A la luz del día".

"¿Estabas allí después del anochecer?", preguntó una chica mientras se sentaba junto a él en el suelo.

"Sí", Max asintió. "El mayor error que he cometido. Pensé que había olvidado mi balón de fútbol allí. Así que volví después de la cena. Estaba muy oscuro y no había nadie más allí. Empecé a caminar por el campo, pensando en mis cosas, en busca de mi balón. Fue entonces cuando sucedió".

"¿Qué sucedió?", otro de sus amigos le preguntó.

"¡Vi todos estos ojos mirándome!" él se encogió. "¡Desde el bosque!"

"¿Ojos?" la chica a su lado se rio. "¿Qué eran? ¿Búhos?"

"No", dijo Max con firmeza. "No se trataba de búhos. Cuando los vi, me asusté. Empecé a correr", él negó con la cabeza y se estremeció. "Pero cuando miré por encima de mi hombro, ¡los ojos estaban persiguiéndome!"

"¿Solo los ojos?" el chico frente a él preguntó.

"No, ¡ojos que pertenecían a zombis!", dijo Max con miedo en su voz.

"Los zombis no pueden correr", la chica a su lado señaló. "Lo sé. He visto películas con mi hermano y no pueden correr. Ellos solo van tropezando".

"Bueno, estos podían", dijo Max con un gruñido. "Es por eso que cuando estábamos jugando
pillados, me asusté".

"Guau, quién hubiera sabido que el parque infantil podía ser tan terrorífico por la noche", uno de sus amigos se estremeció. "Me pregunto por qué los zombis estarían allí".

"Todo el mundo sabe que a los zombis les gusta deslizarse", la chica al lado de Max asintió como si fuera una experta.

"De ninguna manera", dijeron algunos de los otros niños, pero todos tenían miedo en sus ojos.

"Todo lo digo", dijo Max con severidad. "Es que nadie debería ir al parque por la noche".

Los otros niños asintieron, pero Max podía ver que algunos habían decidido que irían.

Después de la escuela, los miembros del Club Secreto de Mouse se reunieron en frente de la escuela.

"¿Cómo les fue hoy?", preguntó Mouse a Amanda y Max.

"¡Genial!", dijo Amanda alegremente.

"Perfecto", Max asintió. "Estamos seguros de que algunos niños le echarán un vistazo".

"Buen trabajo", Rebekah celebró por ellos.

"Ahora solo tenemos que conseguir las cosas", agregó Jaden. "¿Todo el mundo listo?"

"¡Por supuesto!", todos aplaudieron. Mouse estaba muy entusiasmado por el parque embrujado.

¡No podía esperar para organizar todo y crear la broma más terrorífica de la historia!

Capítulo 5

Jaden esperó hasta que su madre colgara las sábanas en la línea. Luego, se deslizó detrás de los arbustos y la casa del perro. Observó para asegurarse de que ella había desaparecido dentro de la casa. Entonces, rápidamente y en silencio corrió, hasta las sábanas. Agarró tantas como pudo de la línea. Cuando su madre miró por la ventana en la dirección de la ropa, se quedó sin aliento.

"¡Fantasma!" ella gritó al principio mientras Jaden corría por el patio. Entonces se dio cuenta de que eran sus sábanas corriendo. "¡Ladrón de sábanas!" gritó y salió corriendo al patio trasero.

Pero Jaden ya estaba corriendo por la acera, fuera de su vista.

Mientras tanto, Max se había colado en el laboratorio de su padre. Su padre era un científico y también le gustaba jugar con cosas en casa. Max sabía lo suficiente sobre los productos químicos en su laboratorio para saber qué era seguro y qué era peligroso. También sabía qué brillaba.

Mientras su padre estaba escribiendo sus últimos descubrimientos en su computador, Max entró.

Cogió una botella que contenía una mezcla de sustancias químicas que su padre y él habían hecho para llenar palillos resplandecientes. ¡Sería perfecto para el parque embrujado!

En el otro lado del pueblo, Amanda practicaba piano. Su abuela estaba sentada en el sofá disfrutando de la música. Como Amanda esperaba, pronto se dejó llevar por el sueño. Amanda tomó este momento para apresurarse hacia el sótano. Aquí, encontró algunas cadenas viejas y trozos de metal de cuando su hermano estaba en una fase de recursos artísticos. Él solo haría sus esculturas de cosas que encontraba. Tuvo cuidado con los trozos de metal, pero su hermano había lijado todos los bordes afilados. Trató de ser muy silenciosa mientras los subía por las escaleras, pero las cadenas se sacudían a lo largo del camino. Por suerte, su abuela se quedó profundamente dormida.

Rebekah estaba hasta las rodillas en el jardín de su madre. Estaba recogiendo algo bastante sinuoso. En un recipiente pequeño, ya había lanzado varios gusanos, unos escarabajos y un surtido de orugas.

"Ven aquí", dijo entre dientes cuando un largo gusano trató de escapar en la tierra.

Mouse estaba pegando cuidadosamente brillantes ojos amarillos y rojos en una clara cortina de ducha que había encontrado. Añadió algunos colmillos, así como algunos aterradores dientes de monstruo. Hizo toda una fila antes de que se dirigiera a encontrarse con sus amigos en la casa del árbol.

Capítulo 6

Cuando se reunieron en la casa del árbol, cada uno tenía varios elementos que mostrar.

"Esas sábanas son perfectas", dijo Mouse cuando Jaden levantó el paquete. "Pero será mejor aseguramos de guardar un poco de dinero del club para comprarle unas nuevas a tu mamá".

"Sí", los ojos de Jaden se agrandaron. "Estoy bastante seguro de que ella sabe que soy el ladrón de sábanas".

"Tengo esto", dijo Amanda sosteniendo una pequeña cadena. "Y un montón más en la parte inferior del árbol".

"Miren esto", dijo Max mientras sostenía una botella con un líquido claro.

"¿Qué es tan genial de eso?" Amanda preguntó con el ceño fruncido.

"Mira", Max sonrió cubriendo la botella con las manos. Uno a uno, los chicos tomaron turnos para mirar a través del agujero de sus manos el misterioso líquido verde y brillante que producía.

"Increíble", Jaden se rió y Rebekah estuvo de acuerdo.

"Nunca había visto nada igual, y estoy seguro de que los niños que vendrán al parque embrujado tampoco lo han hecho", ella sonrió mirando a sus amigos. "Pero esperen a ver lo que tengo".

Ella sostenía un recipiente de plástico de color púrpura con una tapa firmemente sellada. Mouse, Jaden, Amanda y Max se inclinaron hacia adelante tratando de ver lo que había dentro. Cuando Rebekah levantó la tapa, la casa del árbol se llenó de gritos, la mayoría emanando de Max, varios también procedían de Amanda.

"¡Rebekah!" Mouse gritó mientras uno de los escarabajos salía del contenedor y se escabullía por el piso de la casa del árbol. "¡Bichos falsos! ¡Bichos falsos!" gruñó y se golpeó la frente. "¡No de verdad!"

"Oh", los ojos de Rebekah se abrieron inocentemente. "Bueno, lo siento, no entendí bien", rápidamente le puso la tapa de nuevo al recipiente y trató de no reírse de Max, quien estaba acurrucado en un rincón tan lejos del contenedor como era posible. Amanda estaba mirando el contenedor con horror.

"¿Puedo mirarlos de nuevo?" Jaden preguntó mientras se movía para sentarse al lado de Rebekah.

"¡No!" Max y Amanda gritaron al mismo tiempo.

Mouse suspiró. "¿Tal vez podrían mirarlos fuera de la casa club?", sugirió.

"Claro", Rebekah sonrió.

"Muy bien, entonces todos nos reuniremos aquí de nuevo después de la cena esta noche", dijo

Mouse con severidad. "No hay excusas. Tenemos que preparar el parque embrujado antes de Halloween para que la gente sospeche menos".

"Estaré aquí", Rebekah anunció alegremente.

"Uh", Amanda miró el contenedor que Rebekah aún sostenía.

"Con bichos falsos", Rebekah prometió, a pesar de que todavía se veía un poco decepcionada.

Capítulo 7

Mientras Mouse se preparaba para reunirse con sus amigos en el parque, miró su colección de ratones mascotas. Uno en particular, un diminuto ratón blanco con una nariz muy rosa, parecía ansioso por salir de su jaula.

"Muy bien, Casper", sonrió mientras metía la mano en la jaula y subía al ratón. "Puedes venir para la diversión".

Se metió el ratón en el bolsillo junto con algunos trozos de queso. Una vez que tenía todos los suministros que necesitarían, se dirigió hacia el parque. No mucho tiempo después de su llegada, todos los demás miembros de su club secreto también comenzaron a llegar. Jaden seguía masticando un trozo de pizza mientras se acercaba.

"Lo siento, mi hermana mayor tenía una fiesta de pizza", dijo mientras tragaba la porción de pizza.

Casper asomó la cabeza fuera del bolsillo de Mouse por el olor de la pizza. Max se acercó corriendo, con Amanda no muy lejos detrás de él.

"Escuché que un montón de niños van a revisar el parque infantil embrujado esta noche", dijo él alegremente. "¡Tenemos que preparar esto rápido!"

Rebekah fue la último en llegar, arrastrando una bolsa grande detrás de ella.

"¿Qué hay ahí?", preguntó Amanda nerviosamente mirando la bolsa.

"Bichos", respondió Rebekah con los ojos brillantes. "Bichos muy grandes".

"Oh, bien, porque esas cosas espeluznantes necesitan volverse más grandes", dijo Max y volteó los ojos.

"Vamos a ver", dijo Mouse con una sonrisa.

Rebekah abrió la bolsa y todo el mundo miró el interior. No eran solo bichos, eran bichos enormes. Se veían muy reales y muy peludos.

"Buen trabajo", dijo Mouse. Estaba muy impresionado. "Muy bien, colguemos los fantasmas, ensartemos el hilo de pescar y coloquemos los bichos en su lugar".

"He traído algo más", añadió Amanda mientras sacaba un oso de peluche grande y peludo.

"¿Qué es eso?" Jaden bromeó. "¿Algo que abrazar en caso de que te asustes?"

"No", dijo ella y le sacó la lengua a Jaden. "Mira esto", sonrió y puso la cara del oso de peluche en la hierba. Con sus características cursis ocultas, solo se veía como una gran criatura peluda.

"¡Oh, guau!" Mouse asintió con la cabeza rápidamente. "Eso luce bastante aterrador".

Capítulo 8

Los amigos comenzaron a trabajar juntos para transformar el parque de un lugar para jugar a un lugar para gritar. A medida que se hacía más oscuro, la pintura brillante que habían hecho del líquido que Max suministró realmente comenzó a mostrar su magia. Pintaron las sábanas de Jaden con él para dar a sus fantasmas un resplandor misterioso. También añadieron un poco a la clara cortina de ducha con los aterradores ojos. Cuando se colgaba en el aire, se podía ver a través de ella, por lo que lo único que podían ver era las misteriosas caras resplandecientes de monstruos.

Encadenaron los fantasmas en las ramas de los árboles con una polea para que pudieran moverse hacia arriba y hacia abajo con el tirón de una cadena. También adjuntaron unas cuantas arañas a hilo de pescar para que pudieran ser arrastradas por la acera sin que nadie viera el hilo. Cuando terminaron, el parque se veía exactamente igual, porque todos sus trucos espeluznantes estaban escondidos a la vista.

"¿Están listos, chicos?" Mouse se frotó las manos con un brillo en sus ojos.

"¡Hagámoslo!" dijo Max y levantó su puño en el aire.

Los chicos se reunieron detrás de los grandes árboles, justo fuera del parque infantil. Oyeron pasos que se acercaban. Vieron luces de linternas balanceándose en todas las direcciones.

"¿Estás seguro de que deberíamos entrar ahí?", uno de los niños le susurró a otro.

"Claro que estoy seguro", dijo el otro con valentía. "No hay nada embrujado en este parque y vamos a demostrarlo".

Así, el pequeño grupo de cuatro niños comenzó a entrar al parque infantil. Mouse y sus amigos se dispersaron en direcciones diferentes para llegar a sus puestos. Se inició con el aullido. Venía de todas las direcciones, por lo que los cuatro niños miraron a su alrededor con miedo.

"¿Qué es eso?" preguntó uno de ellos.

"Lobos", otro se encogió de hombros.

"O fantasmas", dijo el tercero.

"O una grabadora, o personas escondidas", dijo el niño a cargo con una risa. "No se dejen engañar, todo es una broma", insistió mientras caminaba hacia adelante. Cuando llegó a la pequeña reunión de árboles al lado del parque, un brillante espíritu blanco bajó de las ramas, seguido por el ruido de cadenas y metal.

"¡Ah!" el chico a cargo gritó y saltó hacia atrás. Mientras los otros niños también comenzaban a gritar, los columpios comenzaron a moverse por su cuenta. Fuertes gritos ensordecedores se oían junto a su balanceo.

"¡Ah!" ahora todos los chicos estaban gritando. Empezaron a correr hacia los árboles. Cuando pasaron por el tobogán, enormes arañas comenzaron a bajar por su brillante superficie plateada.

"¡Arañas!" El chico más bajo chilló y comenzó a correr más rápido. Cuando llegaron a los árboles, esperando esconderse de lo que estaba detrás de ellos, fueron recibidos por ojos brillantes y rostros feroces.

"¡Fuera!", dijo una estridente voz desde detrás de los árboles. "¡El parque es para monstruos en la noche!"

A los niños no había que decírselos dos veces, ya que se fueron corriendo de vuelta hacia la entrada del parque. Mientras corrían, chocaron directamente con la delgada telaraña que colgaba por la acera, extendida de una rama a otra.

"Uh, ¡quítenlo!" empezaron a gritar y a limpiarse sus rostros. Soltaron sus linternas y corrieron tan rápido como pudieron. Estaban casi en la entrada cuando otro fantasma que brillaba intensamente bajó para asustarlos. Junto a ellos, en la hierba, una figura bestial comenzó a retorcerse como si fuera a saltar sobre ellos. Para el momento en que los niños lograron salir, estaban prometiéndose nunca volver en la noche.

Capítulo 9

Mouse y sus amigos asomaron la cabeza de donde se habían escondido. Subieron sus pulgares y luego se agacharon de nuevo cuando otra multitud de niños se acercaba. Esta era mucho más grande, con chicas y chicos. También tenían más que solo linternas. Venían armados con palillos resplandecientes, matracas e incluso una red.

"Atraparemos un monstruo", la chica a cargo declaró. Mouse y sus amigos se prepararon para asustarlos. Se escondieron detrás de los árboles, se agacharon detrás de los arbustos y Rebekah desapareció debajo del tobogán. El grupo no llegó muy lejos dentro del parque antes de que la primera gran araña fuera empujada por la acera. Causó que casi todos ellos saltaran, pero no hubo muchos gritos. A medida que los niños continuaron moviéndose a través del parque infantil, algunos comenzaron a sonar sus matracas.

"¡No les tenemos miedo, fantasmas!" la chica a la cabeza gritó. Sus amigos comenzaron a repetir las mismas palabras. Justo en ese momento, un brillante y blanco fantasma se zambulló desde las ramas por encima de sus cabezas.

"¡Ah!", Algunos de los niños gritaron y corrieron, pero la chica a cargo y dos de sus amigos permanecieron inmóvil. Jaden estaba recogiendo el fantasma cuando uno audazmente levantó la mano y agarró el mantel.

"¡Esto no es un fantasma!", dijo con sarcasmo y tiró de la sábana. Jaden se escondió detrás de un árbol, esperando no ser descubierto.

"¡Lo sabía!" la chica a cargo anunció. "Esto es solo una broma que alguien está jugando".

Mouse hizo una mueca donde se escondía cerca de los columpios. Esperaba que no se enterarían tan fácilmente. Desde todas las direcciones, comenzó a sonar un aullido.

"¿Quién está ahí?" preguntó la chica e iluminó todo el parque con su linterna. "¿Quién hizo esto?" preguntó ella y empezó a mirar alrededor buscando escondites. Mouse estaba a punto de salir y admitir que se trataba de una broma, cuando sintió que algo muy extraño. Se sentía como pequeñas garras cosquilleando por sus pies. Tragó saliva y miró hacia abajo. Lo que vio fue una araña gigantesca. No era una araña grande o enorme, ¡sino una araña gigantesca!

"Ah, ah", Mouse empezó a gritar mientras trataba de sacudir la araña fuera de su espectáculo. La araña se aferró a su zapato y Mouse podía sentir sus garras envolviéndose en sus zapatos.
"¡Fuera!" finalmente gritó y salió a trompicones de su escondite. Cuando lo hizo, quedó atrapado en la cortina de ducha con los ojos aterradores. Se envolvió alrededor de su cabeza mientras daba vueltas tratando de liberarse tanto de la cortina como de la araña pegada a su zapato.

"¡Ayúdenme!" gritó, pero con la cortina de la ducha sobre su boca, sonaba extraño y ahogado. Se tambaleó hacia la acera, con los brazos extendidos en frente de él mientras trataba de mantener el equilibrio y de sacar la araña de su zapato.

"¡Oh, no!" la chica a cargo gritó cuando lo vio yendo pesadamente hacia ella. La cara de Mouse estaba cubierta con los colmillos, los dientes de monstruo y los ojos brillantes. Parecía la cosa más espantosa del mundo. "¡Corran!" gritó ella y todos los niños que estaban con ella parecieron estar de acuerdo. Todos se apresuraron hacia la entrada.

Capítulo 10

Rebekah se apresuró a salir de debajo del tobogán una vez que no había moros en la costa. Jaden salió de detrás del árbol. Amanda y Max llegaron corriendo desde donde se habían escondido.

"¿Estás bien?" Rebekah le preguntó a Mouse mientras tiraba del material de su rostro. "¡Qué gran broma!"

"¡No estoy haciendo una broma!" Mouse chilló moviendo su pie. "¡Mira esa araña!"

"¡Oh, no; oh, no!" Amanda se veía como si se fuera a desmayar, y Max corrió y se escondió detrás de ella. Jaden fue el único suficientemente valiente como para agacharse y ver más de cerca a la araña.

"Mouse, relájate, es solo una de las arañas falsas de Rebekah", dijo Jaden con una sonrisa y un movimiento de cabeza. "Creía que nada podía asustarte".

"No, no lo es", insistió Mouse. "¡Es real!"

"Por supuesto que no es real", argumentó Jaden y extendió la mano para agarrar la araña. Cuando lo hizo, la araña comenzó a retorcerse. "¡Ah!" Jaden se echó hacia atrás, sus ojos muy abiertos por el horror. "¡Es real!"

Mientras todos miraban con asombro, la araña comenzó a arrastrarse fuera del zapato de Mouse.

Luego, de debajo de la araña, se deslizó el ratón mascota de Mouse, Casper. Jaden se agachó y recogió a Casper antes de que pudiera escapar.

"¡Guau!" Mouse rio en voz alta mientras tomaba su mascota, que se retorcía, de Jaden. "No puedo creerlo. Organizamos esta broma para asustar a todos los demás y tengo que decirte,

¡nunca había estado más asustado!"

"Yo tampoco", Rebekah se rio. Amanda estaba todavía tratando de recuperarse de ver a la gran araña moviéndose. Max lentamente salió de detrás de ella.

"Así que no es real, ¿verdad?", preguntó mientras miraba la araña falsa en el suelo.

"No, no es real", Mouse volvió a reír. "¡Pero creo que podemos decir que esta broma fue un éxito!"

El pueblo no podía dejar de hablar de lo terrorífico que era el parque embrujado, y lo increíble que era la broma. ¡Mouse y los miembros de su club secreto eran los únicos que sabían cuán aterrador era realmente!

El Club Secreto de Mouse #3

¡Manchado!

PJ Ryan

El Club Secreto de Mouse

#3: ¡Manchado!

Capítulo 1

Mouse miró hacia el cielo por la ventana. Era muy azul. Ni una nube a la vista. Ni el más mínimo indicio de nieve. Él suspiró y apoyó la cabeza sobre su escritorio.

A Mouse le gusta la escuela... la mayor parte del tiempo. Le gustaba ver a sus amigos, como su mejor amiga Rebekah y los demás miembros de su club secreto. Le gustaba aprender cosas nuevas e incluso hacer pruebas. Pero a veces simplemente se aburría.

A veces, solo quería tanto salir de su escritorio que haría cualquier cosa. Una vez incluso se ofreció como voluntario para vaciar todos los botes de basura en la escuela solo para poder vagar por los pasillos. Otra vez, había preguntado si podía inspeccionar los pasillos mientras estaban vacíos en busca de cualquier riesgo de seguridad o áreas que necesitaban ser arregladas.

Pero Mouse se estaba quedando sin excusas y no parecía que iba a haber días de nieve en el corto plazo. Ya había terminado su trabajo para la clase en que se encontraba y dedos de sus pies no paraban de moverse en sus zapatos.

Pensó en todas las cosas que podía estar enseñándoles a sus ratones mascota en casa. Tenía una variedad de ratones que entrenaba para hacer varias cosas, pero también eran sus amigos.

Siempre tenía uno con él escondido en el bolsillo. Pero cuando se asomó en el bolsillo superior de su camisa, su ratón estaba durmiendo.

"Debes estar tan aburrido como yo", Mouse susurró a su mascota. Miró el reloj y vio la segunda manija moverse en un lento círculo. Suspiró de nuevo y volvió a mirar por la ventana.

El verde pasto estaba llamándolo. El parque en la lejanía seguro estaba vacío, lo que significaba que podía jugar todo el día. El parque también era donde estaba el escondite secreto de su club secreto. Era una casa del árbol que había conseguido por accidente. Ahora era el lugar donde su club secreto planeaba sus bromas y travesuras. Pensando en la casa del árbol le dio una idea. Sonrió.

"Oh, oh", Rebekah susurró desde su lado cuando vio su sonrisa.

"¿Qué?" Mouse preguntó inocentemente.

"Conozco esa mirada", Rebekah entrecerró los ojos. "¿Qué estás planeando?"

Rebekah era una gran detective. La mayor parte del tiempo a él realmente le gustaba eso de ella.
A veces, sin embargo, se volvía un poco molesto.

"No estoy planeando nada", insistió y trató de ocultar su sonrisa.

"Mentiras", Rebekah siseó.

"¿Rebekah?" la maestra dijo desde la parte frontal de la clase. "¿Tienes algo que desees compartir con la clase?"

Rebekah suspiró y sacudió la cabeza. "No, Sra. Connel, lo siento".

"No hablen en clase", la Sra. Connel les recordó. "Si están aburridos, la pizarra necesita una limpieza".

Mouse saltó fuera de su escritorio tan rápido que casi lo volteó.

"Yo lo haré, yo lo haré", gritó con entusiasmo.

"Los dos pueden hacerlo", la maestra suspiró y les indicó la dirección hacia la pizarra. Rebekah no se veía muy feliz de tener que limpiar la pizarra, pero Mouse se sintió aliviado al estar fuera de su escritorio. Cuando empezaron a fregar la pizarra, Mouse susurró.

"¿Quieres reunirte después de la escuela?", preguntó. "No hemos tenido una reunión del club secreto en bastante tiempo".

"Hoy no puedo", Rebekah frunció el ceño. "Mis padres tomarán una foto familiar mañana después de la escuela, por lo que hoy mi madre y yo vamos a arreglarnos nuestro peinado".

"Eso suena divertido", Mouse hizo una mueca.

"Lo será", Rebekah sonrió.

Capítulo 2

Justo en ese momento sonó la campana, lo que indica que el día escolar había terminado. Mouse estaba tan feliz que corrió fuera de la clase y por el pasillo hasta su casillero. Cuando llegó a su casillero, vio a Jaden de pie junto a él.

"Hola, Jaden", dijo Mouse felizmente. "¿Puedes reunirte esta tarde?"

"Claro", Jaden asintió. "Te veré allí. Le diré a Amanda también".

"¡Genial!" dijo Mouse. "Veré si puedo alcanzar a Max en el camino".

Mouse puso sus libros en el estante dentro de su casillero y cogió su mochila. Mientras corría por la puerta principal de la escuela, casi chocó con Max, quien estaba inclinado atando su zapato.

"¡Cuidado, Mouse!" Max gruñó mientras saltaba fuera del camino.

"Lo siento," Mouse rio. "Estaba apurado para encontrarte".

"Bueno, lo hiciste", Max rio. "¿Qué pasa?"

"¿Puedes reunirte más tarde?" Mouse preguntó esperanzado.

"Claro", respondió con una inclinación de cabeza. "Te veré allí en media hora".

Mouse dejó caer su mochila en casa y saludó a su madre mientras corría para salir de nuevo. Ella se rio, "¡No llegues tarde para la cena!" gritó.

Mouse corrió directamente hacia el parque. Estaba decepcionado de que Rebekah no sería capaz de estar ahí, pero aún estaba feliz de reunirse con sus amigos. Tenía una idea maravillosa para una broma y no podía esperar para compartirla.

Cuando llegó a la casa del árbol, descubrió que era el primero en llegar. Subió a la gran choza de madera y se metió dentro.

Había espacio suficiente para todos ellos, con un poco de espacio para algunos extras, como el libro de bromas que había encontrado cuando descubrió la casa del árbol por primera vez y una reserva de aperitivos. Mouse deslizó a su mascota en una jaula pequeña que guardaba en la casa del árbol. Sus ratones no estaban acostumbrados a lugares altos por lo que tenía que mantenerlos a salvo. No pasó mucho tiempo antes de que Amanda llegara.

"Hola, Mouse", dijo con una sonrisa. "¿Qué estás planeando?" le preguntó cuando vio la sonrisa en sus labios.

"¿Por qué todo el mundo me pregunta eso?" Mouse preguntó con una sonrisa.

"Oh, estás tramando algo", dijo Amanda con un movimiento de cabeza. "¿Quieres hablarme de eso ahora o esperamos a todos los demás?", preguntó.

"Todo el mundo excepto Rebekah", Mouse asintió.

"¡Estamos aquí!" gritó Jaden mientras subía a la casa del árbol, con Max justo detrás de él.

"Bien, me alegro de que estén aquí", dijo Mouse mientras tomaba asiento y esperaba que sus amigos hicieran lo mismo.

Capítulo 3

"Esta es una reunión oficial del Club Secreto de Mouse", dijo él con firmeza. Esta declaración dejaba saber a sus amigos que cualquier cosa dicha después era completamente confidencial, no podía ser compartida con nadie fuera del club. "Creo que necesitamos un plan para darnos a todos unos días de descanso de la escuela", Mouse sonrió.

"¿Eh?" Amanda entrecerró los ojos sospechosamente mientras miraba a Mouse. "¿Qué tipo de plan nos libraría de la escuela?"

"Tengo un examen de matemáticas mañana", dijo Max rápidamente.

"Yo estoy dentro", Jaden sonrió. "¡Me encantaría un fin de semana largo!"

"Muy bien, así que aquí está el plan", dijo Mouse y se inclinó para susurrarles. "Todos sabemos que si uno de nosotros se enferma, se propaga, ¿verdad?"

"Claro", Max asintió. "Especialmente si toses sobre el otro".

"Iugh", Amanda suspiró.

"¿Cuál es el plan?" Jaden preguntó con impaciencia.

"Bueno, no podemos enfermarnos realmente", explicó Mouse. "¿Qué habría de divertido en unos días de descanso si de verdad estamos enfermos? Solo tenemos que hacer que parezca que estamos enfermos, y no solo eso, sino que está propagándose", sonrió ante esto.

"No lo sé", dijo Jaden vacilante. "Esto suena al tipo de plan que termina en detención".

"No te preocupes", le aseguró Mouse. "Estarán tan ocupados tratando de asegurarse de que toda la escuela no se contagie, que no tendrán tiempo para sospechar".

"Uh", Amanda se aclaró la garganta. "Todo esto suena muy bien, pero también suena imposible".

"Piénsalo", dijo Mouse con una sonrisa.

"¿Estás hablando de fingir un resfriado o algo así?" Max preguntó con confusión.

"No, los resfriados solos nos conseguirán una ida al médico o una medicinas", dijo Mouse temblando. "Lo que necesitamos es algo tan impactante que nadie quiera acercarse a nosotros".

"¿Y exactamente cómo se nos ocurrirá algo así?" preguntó Max.

"Bueno, Max, ahí es donde entras tú", Mouse sonrió.

"Uh oh", Max frunció el ceño. El padre de Max era un científico y el sótano de Max era su propio laboratorio personal. Había muchos brebajes, y Max había aprendido bastante de ver a su padre trabajar. "¿Qué estás pensando?" preguntó Max con un poco de miedo y un poco de curiosidad.

"Escucha", dijo Mouse y bajó la voz. "Para que esto funcione, nadie puede saberlo. Ni siquiera
Rebekah. ¿Entendido?"

Los tres de sus amigos asintieron. Mientras Mouse empezaba a detallar el plan, cada uno parecía un poco sorprendido. Pero al final, acordaron formar parte de su esquema. Para el momento en que salieron de la casa del árbol, todos estaban susurrando y riendo de lo que sucedería.

Capítulo 4

Cuando Mouse caminaba hacia su casa, noto a Rebekah de pie en el frente.

"¿Qué piensas?" preguntó mientras giraba para que pudiera ver su pulcramente rizado cabello rojo.

"Se ve, uh, saltarín", dijo Mouse y se rascó la cabeza un poco.

"Supongo que eso es bueno", Rebekah rio. "¿Dónde has estado?"

"Oh, acabo de tener una reunión rápida con el club", Mouse explicó vacilante.

"No planearon nada sin mí, ¿verdad?" Rebekah frunció el ceño.

"Ya verás", Mouse sonrió.

"¡No es justo!" Rebekah protestó y se cruzó de brazos.

"Confía en mí", Mouse insistió. "Este es un plan del que te alegrarás no haber sido incluida".

"Bien", Rebekah respondió de mala gana. Sí confiaba en Mouse, pero odiaba quedarse fuera de cualquier cosa. Mientras Mouse se despedía de ella, él esperaba no haber herido sus sentimientos. Pero sabía que ella lo entendería cuando el plan se desarrollara. Mientras cerraba la puerta de su habitación, sonrió. Estaba seguro de que tendría unos días extra para disfrutar de diversión sin horarios.

Capítulo 5

Al día siguiente, Mouse entró en la escuela con un brinco en su paso. Recogió felizmente sus libros y se dirigió a su primera clase, que era ciencias. Realmente disfrutaba a su maestro, el Sr. Lanister, pero no era por eso que estaba tan feliz. Estaba feliz porque estaba a punto de hacer la mejor broma de la historia.

Cuando entró a la clase, el Sr. Lanister lo saludó con una inclinación de cabeza y luego volvió a mirar su planificación para la clase. En la clase de ciencias, dos estudiantes compartían un gran escritorio. Mouse compartía el suyo con Rebekah, que era una cosa muy buena. Tenía que mantener una estrecha vigilancia sobre ella para asegurarse de que todo saliera a la perfección.

"Clase, hoy vamos a hablar de lo que significa ser contagioso", el maestro dijo mientras caminaba hacia el frente de la clase. "Estoy seguro de que sus padres o maestros les han dicho que se cubran la boca al toser", dijo y luego tosió sobre su puño cerrado. "En realidad, esta no es la mejor manera de cubrir su boca, porque está tosiendo sus gérmenes sobre su mano…"

Mientras continuaba dando su clase sobre la manera adecuada de evitar la propagación de gérmenes, Mouse sacó un trapo y una pequeña botella de líquido de su mochila.

"¿Qué es eso?" Rebekah preguntó con curiosidad cuando vio la botella.

"Shh", Mouse guiñó ligeramente hacia ella. Esperó a que el señor Lanister hubiera terminado su discurso y luego levantó la mano.

"¿Sí?" el Sr. Lanister preguntó y señaló Mouse.

"Sr. Lanister, traje algo hoy y me gustaría probarlo, si eso le parece bien", dijo Mouse rápidamente.

"¿Qué es?" el Sr. Lanister preguntó con suspicacia.

"Bueno, es una solución especial que está diseñada para revelar cuántos gérmenes hay en nuestra piel", explicó mientras caminaba hacia el frente de la clase. "Es inodoro e inofensivo", agregó y dejó que el Sr. Lanister oliera el líquido en la botella.

"Mouse, eso suena inteligente, pero no es posible", el Sr. Lanister advirtió.

Capítulo 6

"¿Puedo demostrar?" Mouse preguntó esperanzado.

"Bueno", el Sr. Lanister vaciló. "Supongo, pero solo en aquellos estudiantes que sean voluntarios", dijo con firmeza. "¿Estás seguro de que esto es seguro?"

Mouse se acercó más al Sr. Lanister y susurró junto a su oreja. "Es solo un poco de jabón y agua.
No creo que un lavado de cara adicional haga daño a nadie".

El Sr. Lanister sonrió a eso y asintió. "Muy bien, Mouse, haz el intento", dijo y le guiñó a Mouse.

"¿Algún voluntario?" Mouse preguntó mientras miraba el aula. Rebekah de inmediato levantó su mano en el aire.

"Está bien, entonces", Mouse se aclaró la garganta. "¿Cualquier persona que no sea Rebekah?"

Rebekah lo miró con frustración. Se podría decir que ahora realmente se sentía excluida.

"Yo lo probaré", dijo Sam de la mesa de al lado.

"Está bien, Sam, un paso al frente", Mouse instruyó. Cuando Sam se detuvo frente a él, Mouse vació un poco de la solución en el trapo. Luego limpió el rostro y manos de Sam.

"Está frío", Sam se quejó. "¿Está pasando algo?"

"Parece que estás libre de gérmenes", Mouse sonrió. Una vez que los otros estudiantes vieron que Sam no había sufrido ningunas terribles consecuencias por levantar la mano, también comenzaron a ofrecerse.

"Sigo yo, sigo yo", dijo Gretta de la mesa en la parte de atrás. Uno por uno, Mouse limpio el rostro y las manos de todos los estudiantes en la clase, a excepción de Rebekah.

"Guau, increíble", Mouse negó con la cabeza mientras miraba a los alumnos de su clase. "¡Todos ustedes están libres de gérmenes!"

"Apuesto a que esa cosa simplemente no funciona", dijo Sam con el ceño fruncido.

"Creo que lo que Mouse estaba tratando de probar", el Sr. Lanister explicó mientras daba un paso hacia adelante. "Era que lavarse las manos y la cara regularmente es la mejor manera de mantenerse libre de gérmenes".

"¡Oh, Mouse!" Gretta gimió y sacudió la cabeza. "¡Siempre es un truco contigo!"

Mouse sonrió y se inclinó un poco, y luego en voz baja susurró, "no tienes ni idea". Mientras
Mouse volvía a su asiento, Rebekah se negó a mirarlo.

"No te enojes", Mouse declaró en voz baja.

"No estoy enojada", dijo ella mientras garabateaba en un pedazo de papel. "Averiguaré qué estás tramando".

Mouse sonrió y se sentó a escuchar el resto de la clase sobre los gérmenes.

Capítulo 7

Cuando Mouse entró en su clase de gimnasia, encontró todo el lugar en caos. Aproximadamente la mitad de los niños en el gimnasio estaban a un lado y el Sr. Sparrow, el maestro de gimnasia, parecía estar entrando en pánico.

Mouse sonrió y saludó a Amanda, quien estaba en el grupo de niños. Ella volteó la cabeza hacia él, revelando las manchas de color verde oscuro en toda su cara. Ella le guiñó un ojo y luego volvió a mirar al maestro en pánico.

"Ve a la enfermera", dijo él rápidamente. "No, espera, debes ser puesta en cuarentena. ¿Cómo sucedió esto?" jadeó. Mientras Mouse se acercaba, vio que las manchas estaban en los rostros de todos los niños delante del maestro de gimnasia.

"¡Oh, no! ¡No tú también!" el Sr. Sparrow gritó cuando vio a Mouse.

"¿Qué quiere decir?" Mouse preguntó con sorpresa. Amanda sacó un compacto de su bolso y lo abrió para que Mouse pudiera ver su reflejo. Por toda su cara estaban las mismas manchas verdes.

"¡Ah! ¿Qué está pasando?" Mouse jadeó y se limpió la cara.

Antes de que el Sr. Sparrow pudiera responder, la enfermera entró corriendo al gimnasio. "¿Qué está pasando aquí?", preguntó mientras se apresuraba hacia el Sr. Sparrow.

"Solo eche un vistazo", dijo el Sr. Sparrow sacudiendo la cabeza con incredulidad. La enfermera miró a todos los niños y pronto descubrió que cada uno estaba cubierto de estas manchas de color verde oscuro.

"Debe ser marcador", murmuró y sacó una toalla limpiadora de su bolsillo. Tomó a Mouse y alzó la mano para fregar los puntos en su mejilla. Mouse permaneció inmóvil, pero cuando las manchas ni siquiera se aclaraban, la enfermera empezó a frotar más fuerte.

"Auch", se quejó Mouse y agachó la cabeza.

"No salen", dijo la enfermera en una voz aguda. "Me pregunto si otros estudiantes están experimentando esto".

No tuvo que preguntarse por mucho tiempo. La voz del director salió a través del sistema de megafonía.

"Enfermera Barbara, enfermera Barbara, por favor reportese a la oficina del director", dijo en un tono de urgencia.

"Oooh", algunos de los niños se quedaron sin aliento y escondieron sus sonrisas como si la enfermera estuviera en problemas, pero Mouse sabía lo que realmente estaba sucediendo. Él sonrió mientras los niños comparaban las manchas en sus manos y rostros.

"Tengo que irme", dijo la enfermera Barbara con el ceño fruncido.

"¿Qué se supone que debo hacer con ellos?" preguntó el Sr. Sparrow con los ojos muy abiertos.

"Uh, solo manténgalos alejados de los otros estudiantes", dijo la enfermera Barbara con un movimiento de cabeza.

"¿Qué hay de mí?" el Sr. Sparrow preguntó mientras inspeccionaba las palmas de sus manos en busca de cualquier marcha que podría haber aparecido.

"No te preocupes, vamos a llegar al fondo de esto", la enfermera Barbara aseguró y se apresuró a salir del gimnasio.

Capítulo 8

"Bien, todos los que tengan manchas verdes, siéntense en las gradas", dijo el Sr. Sparrow rápidamente. "¡Y no me toquen!" añadió.

Los niños con las manchas verdes se reunieron en las gradas mientras los niños sin ellas solo podían mirar la escena. Amanda se sentó junto a Mouse y le lanzó una sonrisa. "Creo que funcionó", susurró.

"Shh", dijo Mouse y negó con la cabeza. Ella no era la mejor guardando secretos, pero Mouse podía ver que estaba intentándolo.

"¿Crees que volveremos a casa temprano?" un niño no muy lejos de ellos preguntó. Mouse sonrió ante eso.

"No creo que van a dejarnos ir a ninguna parte", un muchacho más joven dijo con una voz entrecortada. Sus ojos estaban muy abiertos por el miedo. "Van a encerrarnos. No nos dejarán estar cerca de otros niños, no nos dejarán ver a nuestras familias…"

"Eso no va a suceder", dijo Mouse con firmeza. "Es solo una pequeña erupción o algo así", trató de asegurarle al niño.

"¡No, no! ¡He visto una película así!" dijo el niño y se estremeció. "Debemos tener una nueva enfermedad de los mosquitos, ¡o tal vez de la comida de la cafetería!"

"No es una nueva enfermedad", dijo Amanda rápidamente y luego se tapó la boca.

"Mira", Mouse suspiró y empezó a hablar con los otros niños que llegaban muy nerviosos por las manchas verdes en sus rostros. "Todo lo que va a pasar es que vamos a tener unos días de descanso de la escuela. Nadie está vomitando, nadie tiene fiebre", señaló.

"¿Cómo lo sabes?" una chica en la fila superior de las gradas preguntó. "Mi estómago se siente extraño", gimió y se levantó. Todos los niños sentados debajo de ella comenzaron a gritar y a esparcirse para evitar el posible vómito.

"Uh, Mouse", Amanda lo miró con una mueca. "Tal vez esto no fue una buena idea".

"Todo estará bien", le prometió, pero incluso él se levantó y se quitó del camino, por si acaso.

"¡Esto es una locura!" el Sr. Sparrow dijo mientras trataba de subir a los niños de vuelta a las gradas. "¡Eso es! ¡Niños, tienen que irse a casa! Voy a hablar con el director. Que nadie se mueva", les advirtió a todos.

"Pero Sr. Sparrow,", la niña en la parte superior de las gradas se quejó.

"A menos que necesiten vomitar", el Sr. Sparrow suspiró. "Entonces, por supuesto, puede moverse".

"Oh, bueno", ella suspiró y se frotó el vientre.

"No sé, Mouse", dijo Amanda en un susurro. "Creo que esto está empezando a salirse de control.

¿Tal vez deberíamos decirles la verdad?" ella sugirió y miró a su amiga con miedo.

"Todo está bien", él le prometió. "Le echaré un vistazo al director", se levantó de las gradas.

"Échales un vistazo a ellos".

"Lo haré", Amanda frunció el ceño.

Capítulo 9

Todos los niños parecían estar molestándose un poco por las manchas verdes en sus rostros.

Mouse se sentía un poco culpable mientras se escabullía por el pasillo hacia la oficina del director, pero sabía que no estaban realmente enfermos, como tampoco él lo estaba.

Cuando llegó a la oficina del director, escuchó la conversación que estaba teniendo con la enfermera Barbara y el Sr. Sparrow.

"Esto no es bueno", dijo el director. "Lo que sea esta enfermedad, está propagándose como un reguero de pólvora a través de la escuela. Estudiantes en casi todas las clases están mostrando síntomas. Si mantenemos a los niños en la escuela, podrían seguir difundiéndola y entonces tendremos un problema real en nuestras manos".

"Entonces enviémoslos a casa", el Sr. Sparrow insistió. "No queremos que el personal también se contagie, ¿verdad?" preguntó con el ceño fruncido.

"No, no lo queremos", el director estuvo de acuerdo. "Así que tendremos que empezar a contactar a los padres para que recojan a los niños. Yo solo deseo tener una idea de lo que son las manchas para poder decírselos. Nunca antes había visto algo como eso".

"Ni yo" la enfermera Barbara admitió. "He sido enfermera escolar por mucho tipo. He visto todo tipo de manchas y erupciones, y estas no se parecen a nada que haya visto antes".

"Solo espero que no sea nada grave", el director frunció el ceño. "Y pensar que estábamos comenzando nuestro mes de concientización de los gérmenes".

"Esto no es causado por un germen", dijo otra voz en la sala. Mouse se encogió cuando se dio cuenta de que era el Sr. Lanister, su profesor de ciencias. No esperaba que el Sr. Lanister participara.

"¿Entonces qué?" preguntó la enfermera. "¿Una alergia?"

"No lo creo", el Sr. Lanister negó con la cabeza. "Por lo menos, no exactamente. Lo mejor sería enviar a los estudiantes a casa. No tienen ningún síntoma de enfermedad. No hay fiebre, ni fatiga.

Dudo que sea contagiosa. Así que esas manchas deben estar propagándose por otros medios".

"¿Otros medios?" el Sr. Sparrow preguntó con incredulidad. "¿Cómo más podrían estarse transmitiendo?".

"Creo que eso es algo de lo que tengo que hablar con un estudiante en particular", dijo el Sr. Lanister con un suspiro. Los ojos de Mouse se abrieron al oír eso.

Capítulo 10

Rápidamente se dirigió de nuevo hacia el gimnasio. Esperaba que los padres fueran llamados antes de que se le llamara a la oficina. Cuando estaba a mitad de camino de vuelta al gimnasio, vio a Rebekah caminando hacia la oficina. Ella se veía un poco molesta.

"Rebekah, ¿qué pasó?" Mouse preguntó con el ceño fruncido.

"Me acaban de llamar a la oficina del director", dijo ella con un estornudo. "Creo que estoy en problemas por algo".

"¿Qué? ¿Por qué estarías en problemas?" Mouse preguntó con preocupación.

"No lo sé. Tal vez porque soy la única de nuestra clase de ciencias que no tiene esas", señaló la cara de Mouse. "¿Qué hiciste, Mouse?" preguntó ella con una mirada.

"Todo va a estar bien", Mouse le prometió.

"Si consigo otra detención, voy a estar en serios problemas", dijo Rebekah.

"No será así", le prometió.

"Espero que no", ella suspiró y continuó por el pasillo. Mouse realmente empezaba a sentirse muy mal por lo que se suponía era una broma divertida. Entre los niños asustándose por las manchas y Rebekah posiblemente metiéndose en problemas, Mouse se preguntaba si valían la pena unos días de descanso.

Cuando regresó al gimnasio, más niños habían sido llevados de otras aulas. Todos tenían las manchas verdes, incluyendo Jaden y Max.

"Oye, Mouse", dijo Jaden con una sonrisa. "Veo que has sido manchado".

"Jaja", Max rio. "¡Funcionó!", añadió en un susurro. "Todo el mundo está siendo enviado a casa".

"Genial", dijo Mouse con un suspiro.

"¿Por qué no estás feliz?" preguntó Jaden. "¿No era este el plan?"

"Claro que lo era", Mouse asintió. "Supongo que no esperaba que todos se lo tomaran tan en serio".

"Bueno, lo importante es que funcionó", dijo Max con un movimiento de cabeza. "Nadie está realmente enfermo y nadie se meterá en problemas reales. Así que tendremos unos días de descanso para pasar un buen rato".

Mouse asintió, pero aún se sentía mal. Pensó en decirle al Sr. Sparrow la verdad cuando volvió a entrar en el gimnasio, pero se veía tan molesto que Mouse decidió no hacerlo.

Capítulo 11

Una vez que todos los padres habían sido contactados, los niños comenzaron a hacer cola afuera para esperar que los recogieran. Mouse estaba de pie en el borde del paso vehicular circular buscando el coche de su madre. Rebekah se acercó a él.

"Tu mamá también me buscará a mí", dijo ella con brusquedad y se cruzó de brazos.

"Oh, qué bien", dijo Mouse con una sonrisa, pero Rebekah no sonrió. No sigues molesta,

¿verdad?" preguntó. "¿Qué pasó con el director?"

"Me preguntó por qué yo era la única que no tenía manchas verdes. Le dije que no lo sabía", suspiró. "Pero no estoy segura de que me creyera".

"¿Te metiste en problemas?" Mouse preguntó con preocupación.

"No", ella negó con la cabeza. "Están enviando a todos a casa como medida de precaución".

"¿Entonces por qué estás enojada?", preguntó y trató de animarla. "¡Tenemos medio día libre y apuesto a que no tenemos que ir a la escuela mañana!"

"Estoy enojada porque me dejaste fuera de lo que sea que hiciste", resopló y lo miró.

"Rebekah", Mouse negó con la cabeza. "Yo no te dejé fuera para ser malo. Simplemente no creí que las manchas verdes se verían bien en tu retrato familiar".

Rebekah quedó sin aliento cuando de repente recordó el retrato que su familia había planeado tomarse esa tarde. Si se hubiera presentado con manchas verdes, habría sido arruinado.

"Oh", dijo cuando se dio cuenta de que Mouse tenía una buena razón para dejarla fuera.

"Bueno, lo que sea que hiciste, fue muy inteligente", Rebekah finalmente sonrió.

"Gracias", dijo Mouse con orgullo. "Max ayudó mucho en esto".

Cuando la madre de Mouse se detuvo en la escuela, jadeó al ver las manchas en su rostro.

"¿Qué pasó?" preguntó ella mientras él y Rebekah entraban al asiento trasero.

"Está bien, mamá", dijo Mouse rápidamente. "Nada serio".

"Creo que las manchas verdes son bastante serias", dijo con un resoplido. "Vas directo al médico".

Mouse suspiró, ya que su plan ciertamente no estaba funcionando muy bien.

"Está bien, de verdad", dijo Rebekah. "Nadie tiene fiebre ni nada, sin tos, sin estornudos. Y estoy segura de que el médico estará ocupado con todos los otros niños manchados", agregó.

"Bueno", la madre de Mouse frunció el ceño. "Está bien, pero debes descansar, jovencito. ¡Nada más que juegos de video y películas para ti!"

Mouse le guiñó ligeramente a Rebekah, quien tuvo que ocultar una sonrisa.

El resto de la tarde fue un verdadero placer para Mouse, ya que él y Rebekah vieron películas hasta que su madre la recogió.

"Mouse, espero que pronto te sientas mejor", dijo la madre de Rebekah al ver las manchas en su rostro.

"Estoy seguro de que lo haré", Mouse le devolvió la sonrisa.

Después de que Rebekah se fue, Mouse encontró a su madre en la cocina. Ella tenía su ordenador abierto y estaba navegando sitios médicos.

"Nadie ha tenido manchas verdes", dijo con recelo. Luego miró a Mouse. "¿Tuviste algo que ver con esto, Mouse?"

Mouse abrió los ojos inocentemente.

"¿Cómo podría infectar a toda la escuela con manchas verdes, mamá?" preguntó.

"Mm", su madre entrecerró los ojos y miró de nuevo la computadora.

Cuando Mouse se fue a la cama esa noche, se sentía mal de nuevo. Se preguntó si todos los padres estaban tan preocupados como su madre. Tal vez esta broma realmente había ido un poco demasiado lejos.

Capítulo 12

Cuando Mouse se despertó a la mañana siguiente, estaba sorprendido de que su alarma no había sonado. Sus ratones chirriaban en voz alta por su ración mañanera de queso. Mouse arrojó unas migas en su jaula y luego se dirigió a la cocina.

"Buenos días, Mouse", dijo ella con una sonrisa. "No hay clases para ti hoy".

Mouse suspiró. Era exactamente lo que esperaba oír y, sin embargo, no lo hizo feliz. Se preguntó cuántos niños estaban siendo llevados al médico, y cuántos estaban preocupados de que pudieran empeorar. Sabía lo que tenía que hacer.

"Mamá, creo que mejor voy a la escuela hoy", dijo con el ceño fruncido.

"¿Por qué?", su madre le preguntó con sorpresa.

"Solo lo sé", suspiró. Luego se acercó a su mochila.

Sacó una pequeña botella de solución, una diferente a la que había usado antes. Sirvió un poco del líquido en una servilleta y lo pasó por su mejilla. Cuando quitó la servilleta, las manchas verdes habían sido borradas. Le tendió la servilleta para mostrarle las manchas verdes que habían sido limpiadas.

"Mouse", suspiró. "Te llevaré a la escuela".

Mouse se vistió rápidamente y metió uno de sus ratones en su bolsillo frontal para apoyo moral.

Cuando llegó a la escuela, se sorprendió al encontrar a Rebekah, Jaden, Amanda y Max esperándolo.

"¿Qué están haciendo aquí?", preguntó.

"Sabía que terminarías diciendo la verdad", explicó Rebekah.

"Y todos eramos parte de esto", dijo Jaden firmemente. "No deberías tener que hacerlo solo".

"Gracias", dijo Mouse con alivio. Era bueno saber que tenía tan buenos amigos. Mientras caminaban hacia la oficina del director, con la cabeza hacia abajo, la puerta de la clase de ciencias se abrió. El Sr. Lanister extendió la mano y metió a Mouse. Sus amigos lo siguieron.

"Buen truco, Mouse", dijo el Sr. Lanister. Tenía manchas verdes en su rostro. "Lo descubrí", sonrió.

"¿Sí?" Mouse preguntó con sorpresa mientras miraba las manchas verdes en la cara de su maestro.

"Sí, primero sospeché de Rebekah, porque era la única en la clase sin manchas, pero entonces me acordé de que tú fuiste el que lavó la cara y las manos de todos en la clase. Luego escuché de otros profesores que tus amigos habían hecho el mismo truco en sus clases. Así que encontré los trapos y los probé.

128

¡Qué inteligente, Max!", dijo mientras miraba directamente a Max, y luego otra vez a Mouse.

"Que hayas descubierto una combinación que solo se activa con el calor corporal. Así que mientras la solución se calentaba, las manchas comenzaban a aparecer. Para todos nosotros parecía una erupción terrible, propagándose a través de la escuela".

"Lo sé", Mouse frunció el ceño. "Realmente no pensé en esa parte".

"Íbamos hacia el director", añadió Jaden. Amanda estaba mirando al suelo.

"Solo pensamos que sería una forma divertida de tener unos días de descanso", explicó Mouse.

"Bueno, no fue divertido", dijo el Sr. Lanister. "No para los niños que tuvieron que ir al médico, y no para los profesores que ahora estarán atrasados en su plan de clases, pero…" se detuvo un momento y todos los niños lo miraron.

"Creo que ha aprendido una buena lección. Ya creé una solución para limpiar las manchas verdes y se la di al director, quien está entregándola a los padres cuando traen a sus hijos.

Solo por esta vez", miró directamente a los ojos de Mouse. "Voy a guardarme esta pequeña broma para mí mismo. Sin embargo, para compensar lo que han hecho, todos pasaran el sábado ayudando a limpiar la escuela y asegurándose de que esté libre de gérmenes".

"¿Un sábado?" Mouse jadeó.

"Todos los sábados durante el resto de este mes", el Sr. Lanister corrigió. "¿A menos que prefieras que le diga al director?", sugirió.

"¡No!" Todos los niños gritaron juntos.

Mouse y sus amigos tuvieron que pasar un día más a la semana en la escuela, peso eso les dio un montón de tiempo para planificar su próxima broma. Solo que la próxima vez, no incluiría manchas verdes.

Marvin, el Magnífico

PJ Ryan

El Club Secreto de Mouse
#4: Marvin, el Magnífico

El Club Secreto de Mouse #4

Capítulo 1

Mouse estaba caminando a su casa de la escuela cuando sucedió. Se detuvo en seco y miró al frente. Sus ojos estaban atrapados con algo espectacular.

Había pasado casi un año y Mouse casi se había olvidado de ello con todas las bromas que él y su club secreto había estado haciendo por toda la ciudad y en la escuela. Pero justo ante él había una vista increíble. Cuando lo vio, saltó de arriba abajo y gritó, mientras movía su puño en el aire.

"¡Sí! ¡Sí! ¡El carnaval viene al pueblo!" gritó para que todos en el vecindario escucharan. Otros niños, incluso aquellos a unas calles de distancia, también comenzaron a aplaudir. Mouse corrió a casa, su mente llenándose de ideas. Sabía con certeza que este año sería el año en que su plan finalmente sucedería.

Tan pronto como llegó a casa, llamó a los otros miembros de su club secreto para planear una reunión de emergencia. Luego de una hora, Mouse, Jaden, Rebekah, Amanda y Max estaban juntos en la casa del árbol que usaban como casa club secreta, planeando su siguiente y, en opinión de Mouse, más importante broma.

Las luces brillantes que se levantaban en contra del cielo nocturno parecían estrellas. Pero no lo eran. Ellas eran la primera señal de que el carnaval por fin había llegado al pueblo. Mouse esperó al carnaval por todo el año. Le gustaba mucho la Navidad y su cumpleaños siempre era bueno, pero no había nada más emocionante para él que cuando el carnaval llegaba al pueblo.

No solo disfrutaba de las atracciones y de la sabrosa comida de carnaval, como perros calientes de triple chili y Oreos fritas, sino que también realmente amaba el acto de Marvin, el Magnífico.

Marvin, el Magnífico, había estado en el carnaval todos los años en que Mouse había ido. Él era un mago, pero también era mucho más que eso. Engañaba a todos los miembros de la audiencia para que creyeran una cosa y luego, les presentaba algo muy diferente. Mouse admiraba la forma en que era capaz de dejarse engañar por él, pero este año sería diferente. Mouse así lo había determinado.

Había conseguido la ayuda de sus amigos en su club secreto. Su mejor amiga, Rebekah, junto con sus amigos Jaden, Max y Amanda, para hacerle la máxima broma a Marvin, el Magnífico.

Capítulo 2

Al llegar al carnaval descubrieron que todos los demás en el pueblo también habían decidido ir al evento. La feria estaba llena de gente, desde los muy viejos hasta los más jóvenes, y todos buscaban una noche muy divertida.

Mouse tenía una caja muy especial bajo el brazo. Contenía tres de sus ratones preferidos. Cada uno tenía su propio talento especial.

Magallanes era un gran explorador y navegaría cualquier laberinto en el que se le pusiera. Houdini era un gran artista del escape que lograba encontrar la salida a casi cualquier jaula en la que estaba. Finalmente, Takahashi era su ratón más rápido. Se movía con tanta rapidez que incluso a Mouse se le dificultaba alcanzarlo.

"¿Estás seguro de que esto va a funcionar?" Amanda preguntó nerviosamente mientras oía a los ratones rascando la caja.

"Si todos hacemos nuestra parte, entonces definitivamente funcionará", dijo Mouse con confianza. Rebekah llegó corriendo desde el otro lado del carnaval. Había llegado un poco antes para planificar su parte de la broma.

"¿Están los ratones listos?" preguntó ella con entusiasmo.

"Sí, lo están", Mouse asintió con una sonrisa. "Corrimos por el martillo tres veces. ¿Pero dónde están Max y Jaden?", se preguntó mientras buscaba entre la multitud de los asistentes al carnaval.

"¡Estamos aquí!" gritó Max mientras ambos se apresuraban hacia Rebekah y Mouse. "Lo siento, yo…"

"¡Acaba de devorarse un perro caliente de queso y chili!" Jaden informó con los ojos muy abiertos. "¡Nunca había visto a alguien comer algo tan rápido!"

"¡Guau!" Mouse rio y negó con la cabeza. "Estoy bastante impresionado, Max".

"Gracias", dijo Max y se frotó el estómago. "Estaba muy bueno".

"No puedo esperar a comer un poco de algodón de azúcar", declaró Amanda con impaciencia.

"No te preocupes, cuando esta broma haya terminado, habrá un montón de tiempo para comer",
Mouse les aseguró a todos. "Y para jugar", añadió cuando los ojos de Rebekah se habían perdido para ver un loro gigante de peluche que colgaba de uno de los puestos de juegos.

"¿Estás seguro de que estamos listos para esto?", preguntó Jaden esperanzado. "Quiero decir, suena bien en papel, ¿pero de verdad crees que funcionará?"

"Todo está en su lugar", dijo Rebekah con confianza.

"Va a ser perfecto", Mouse les aseguró. "La primera parte de la misión es la única que realmente importa, porque si no logramos eso, entonces no seremos capaces de lograr lo demás".

"Oh, no te preocupes", Amanda sonrió mientras sacaba unos pequeños contenedores. "Estoy lista para asegurarse de que la misión sea cumplida. ¡Manos, por favor!", gritó. Todos los niños le tendieron la mano.

Capítulo 3

A unos puestos de distancia, Mouse vio a Marvin, el Magnífico. Él ya estaba realizando su primer show y burlándose de la audiencia.

"Nadie hace mejores trucos que Marvin, el Magnífico", informó a su audiencia. "¡Prepárense para ser maravillados!"

El público aplaudió y Mouse sonrió. Todos los años, había oído el mismo discurso de Marvin, el Magnífico, pero este año estaba decidido a asegurarse de que él experimentara la otra cara de su promesa.

"Vas a caer, Marvin, el Magnífico", murmuró en voz baja.

"¡Todo listo!" Amanda declaró a los demás y empezaron a caminar hacia el puesto de Marvin, el
Magnífico para tomar su lugar en la audiencia antes de que el próximo espectáculo comenzara.

Se reunieron cerca mientras Marvin azotaba su capa dramáticamente a su alrededor. Habló en una inquietante voz baja que hizo que los ojos del Mouse se abrieran. Había estado tratando de conseguir que su voz bajara así, pero hasta ahora solo había logrado chillar, al igual que los ratones que tenía como mascotas.

"¿Están listos para ser deslumbrados? ¿Están listos para ser sorprendidos?" Marvin, el
Magnífico, preguntó con un brillo en sus ojos mientras miraba a su público sobre el borde de su capa.

"¡Sí!" la multitud aplaudió. La mayoría de ellos había visto el acto de Marvin, el Magnífico, antes, pero estaban ansiosos por verlo de nuevo.

"Qué bueno, ¡porque lo serán!" declaró él con toda seguridad.

"¿Puedo por favor tener un voluntario?" Marvin, el Magnífico, preguntó con un brillo en su mirada. "Pero están advertidos", levantó una mano para detener el entusiasmo de la multitud. "Si es voluntario, prepárese para ser humillado, prepárese para ser avergonzado, ¡prepárese para ser dejado en asombro por la magnificencia absoluta que es Marvin!"

Mouse sonrió mientras entrecerraba los ojos. Él estaba dispuesto a aceptar el reto. "Ahora, ¿algún voluntario?" Marvin, el Magnífico, preguntó y pasó su mirada sobre el público.

Todo el mundo en la multitud tenía las manos en alto, pero Mouse y Amanda había hecho un plan para llamar la atención. Rebekah, Amanda, Max, Jaden, así como Mouse, habían revestido sus manos con brillantina, de modo que las luces intermitentes del carnaval bailaran sobre sus manos. El plan era que no importa quién fuera escogido, esa persona diferiría a Mouse y pediría que él tomara su lugar.

Jaden estaba saltando de arriba abajo y agitando su mano en el aire. Max estaba de pie justo en frente agitando su mano como un limpiaparabrisas frente a Marvin, el Magnífico. Rebekah estaba de pie en medio de los niños más pequeños para que se notara antes que ellos. Amanda estaba saltando de arriba abajo y gritando: "¡Por aquí, yo, yo, yo!", normalmente no se comportaban de esta manera, por supuesto, pero esto era por Mouse.

Mouse estaba de pie en la parte posterior de la multitud, su mano casualmente levantada, esperando a que uno de los otros fuera elegido. Sin embargo, Marvin, el Magnífico, lo miró directamente, como si hubiera estado buscándolo a él en particular.

Capítulo 4

"Tú, allí", Marvin, el Magnífico, dijo mientras señalaba a Mouse. "En la parte de atrás", dijo rápidamente. "Sí, tú. Te ves como un hombre joven que puede soportar una broma", le sonrió a Mouse. Él arqueó una ceja con una sonrisa amistosa. Esperaba que Marvin, el Magnífico, también pudiera soportar una broma.

Mientras subía al escenario, el resto de la multitud gemía de decepción. Mouse vio a varios de sus otros amigos de la escuela animándolo. Todo el mundo sabía que Mouse tenía la costumbre de meterse en problemas por las bromas que le gustaba hacer.

Por supuesto, nadie sabía que había comenzado un club secreto solo con el propósito de hacer bromas. Sabía que los demás miembros del Club Secreto de Mouse ahora estaban tomando sus posiciones para hacer de este la mayor broma de la historia. Al menos hasta que pensaran en la siguiente.

Mientras Marvin, el Magnífico, miraba a Mouse fijamente en los ojos, este no pudo evitar sonreír un poco.

"Ahora, ¿cuál es tu nombre, joven?", preguntó con una amplia sonrisa.

"Es Mouse", él respondió con un leve encogimiento de hombros. Sintió a Houdini moviéndose en el interior del bolsillo delantero de su camisa.

"¿Mouse?" Marvin repitió con los ojos muy abiertos. "Eso no es cierto. ¡No trates de engañar a

Marvin, el Magnífico! Dime la verdad. ¿Cuál es tu nombre, muchacho?"

La sonrisa de Mouse se extendió. "Es Mouse", repitió. Marvin, el Magnífico, entrecerró los ojos y se acercó más a Mouse.

"Ah, tenemos un bromista entre nosotros, ¿no es así?", le sonrió a eso. "Un alma gemela, ¿supongo?", preguntó con un ligero guiño.

"Uh, seguro, lo que eso sea", respondió Mouse tan casualmente como pudo. Estaba tratando de no estallar en carcajadas, ya que sabía lo que estaba a punto de desarrollarse.

"Muy bien, Mouse, conoce a mi ratón, Mikey", Marvin, el Magnífico, reveló una pequeña caja plateada que tenía un pequeño laberinto diseñado dentro de ella. En el centro del laberinto, estaba un pequeño ratón blanco que no parecía muy diferente a la mascota de Mouse, Houdini.

"Él es el ratón más inteligente del mundo", Marvin anunció. Entonces parpadeó y añadió: "No te ofendas, Mouse, estoy seguro de que también eres inteligente".

El público estalló en carcajadas y Mouse se sonrojó un poco. "¿Por qué es que tan inteligente?", preguntó, sabiendo que era parte de la treta porque había visto el acto tantas veces antes.

Capítulo 5

"Bueno, puede hacer trucos", explicó Marvin y dejó la caja en el suelo. Metió la mano en la caja y sacó su ratón. Colocó al ratón sobre la mesa frente a él. Con un movimiento de su mano, escondió el hecho de que había colocado un trozo de queso contra su palma.

"Muy bien, Mikey, ¡camina!" Marvin ordenó y agitó la mano en ademán ostentoso sobre el ratón. Mikey se alzó sobre sus patas traseras y comenzó a caminar hacia el olor del queso. Para el público, solo estaba caminando hacia la mano de Marvin.

"Ahora baila, Mikey, ¡baila!" Marvin, el Magnífico, exigió y luego agitó su mano en un círculo lento por encima del ratón. Mikey giró en el mismo círculo lento, sus pequeños ojos fijos en el pedazo de queso. El público aplaudió con asombro.

"¡Eso no es todo!" Marvin anunció y llevó a Mikey a una pequeña carrera de obstáculos que había colocado. Mikey saltó, se arrastró, e incluso se puso de espaldas, todo por orden de Marvin, o al menos por su deseo del queso que él tenía en la mano.

Una vez más, el público aplaudió y vitoreó por el increíble ratón, que parecía estar bajo el hechizo de Marvin. Mouse esperó pacientemente hasta que Marvin, el Magnífico, se volviera hacia él una vez más.

"Entonces, ¿qué crees, Mouse? ¿Quién es más inteligente?", preguntó con un brillo en sus ojos.

"Bueno", Mouse respondió pensativo. "También tengo un truco que puedo hacer", sonrió.

"Oh, hijo, por favor, no te avergüences a ti mismo", dijo Marvin con una risita. "¡Es Marvin, el Magnífico, no Mouse, el Magnífico!"

"Solo tomará un segundo", declaró Mouse mientras miraba al hombre. "Digo, no creo que a la audiencia le importe ver un truco más. ¿Y a usted?" pestañeó inocentemente.

El público comenzó a animar al muchacho extraño en el escenario, gracias a los pocos compañeros de Mouse que aún estaban dispersos entre la multitud. Marvin parecía un poco impaciente, pero Mouse sabía que cedería. La primera regla del entretenimiento era darle al público lo que quisiera, sin importar qué.

Capítulo 6

"Bien", Marvin, el Magnífico, finalmente cedió. "Un truco rápido, ¿de acuerdo? Pero no te decepciones si no puedes engañarme", agregó con una mueca. "Nadie lo ha logrado".

"Claro, claro", Mouse asintió un poco. Luego, metió la mano en su bolsillo. Se quedó muy cerca de Marvin mientras sacaba un pedazo de queso. Sacudió la pelusa del bolsillo y lo sostuvo en alto para que el público viera.

"¡Puedo hacer desaparecer un pedazo de queso!" anunció con una sonrisa orgullosa. Marvin, el Magnífico, volteó los ojos y miró hacia otro lado.

"¡Hazlo! ¡Hazlo!" el público coreó. Marvin agitó su mano con desdén, como si no fuera gran cosa que Mouse pudiera hacer desaparecer un poco de queso. Entonces, Mouse se metió el trozo de queso en la boca y se lo tragó.

La mitad de la audiencia quedó en silencio, aturdida, mientras que la otra mitad comenzó a abuchear y molestar a Mouse. Marvin se rio en un intento de aligerar el acto. Pero antes de que pudiera reír demasiado, Houdini se liberó del bolsillo delantero de Mouse. Se lanzó en busca del queso escondido en la palma de Marvin y lo arrebató metiéndolo en su boca.

"¡Oye!" Marvin bramó mientras Houdini aterrizaba en el pequeño laberinto plateado que albergaba a Mikey. "¡Devuélveme ese queso!" exigió. La audiencia comenzó a reír y a interrumpirlo, aunque algunos parecían genuinamente confundidos. Cada vez que Marvin trataba de atrapar a Houdini, este se salía del camino. Luego, subió por encima del borde de la caja y saltó al escenario.

"¡Detengan al ratón!" Marvin exigió cuando Houdini comenzó a correr al borde del escenario.

"¡Yo no estoy haciendo nada!" Mouse declaró inocentemente, añadiendo más caos al momento.

"No tú, Mouse, ¡tu ratón!" Marvin gritó.

"Sé que soy Mouse, como ratón en inglés", inclinó ligeramente la cabeza hacia un lado. "¿Está bien, Marvin, el Magnífico?"

"¡No!" Marvin gritó fuertemente. "¡No que TÚ eres un ratón! ¡Tu ratón! ¡Detén a tu ratón!"

"Creo que usted está confundido", Mouse rio entre dientes.

Capítulo 7

Marvin gruñó y persiguió a Houdini, que estaba escapando rápidamente hacia la audiencia de espectadores. Mouse empezaba a reír tan fuerte que apenas podía seguir a Marvin, quien estaba corriendo a través de la audiencia persiguiendo al ratón.

Algunos de los miembros de la audiencia menos amigables hacia los ratones estaban chillando y saltando en sus sillas. Estaban haciendo una gran conmoción, a pesar de que los juegos mecánicos y la música eran ruidosos. Mouse tuvo que apresurarse para asegurarse de que Houdini corriera en la dirección correcta.

Marvin, el Magnífico, perseguía a Houdini en estado de pánico.

"¡Vuelve aquí con mi queso!" gritó mientras corría tras el ratón. Rebekah lo vio venir por la esquina del Laberinto de Espejos y sonrió. Houdini corrió directamente hacia el pequeño pasillo que Rebekah había construido.

Magallanes estaba esperando al final del pasillo. Cuando olió el queso que Houdini llevaba, luchó con él. Justo cuando Marvin, el Magnífico, se agachó para recoger a Houdini, Magallanes le arrebató el queso.

Se dio la vuelta con el queso seguro en su boca y corrió por el largo pasillo de madera.

"¡Diantres!" Marvin, el Magnífico, refunfuñó mientras comenzaba a perseguir a Magallanes.

Jaden se agachó y recogió a Houdini antes de que pudiera escapar.

"Buen trabajo, pequeño", sonrió. Magallanes corrió todo el camino hasta el final del pasillo y por una rampa, hacia el Laberinto de Espejos.

Capítulo 8

"¡No!" Marvin, el Magnífico, gritó. "¡No allí!" resopló y persiguió al
rápido ratón. Magallanes ya había desaparecido en el Laberinto de
Espejos.

"Oh, lo siento", Mouse decía desde detrás de Marvin. "¡Déjeme
ayudarle a encontrarlo!" ofreció mientras seguía a Marvin, el Magnífico,
al Laberinto de Espejos.

"No, no, no", Marvin sacudió la cabeza, ya que los espejos
reflejaban al menos una docena de ratones. También reflejaban una
docena de Marvins, los Magníficos, y una docena de reflejos de Mouse,
quien había corrido tras él. "Tengo que recuperar ese queso", insistió.
"¡Es el único queso al que mi ratón responderá y tenemos que hacer
shows toda la noche!"

"No se preocupe, ¡lo recuperaremos!" dijo Mouse tratando de no
reírse. Sabía que Marvin, el Magnífico, definitivamente estaba probando
su propia medicina. Cuando empezaron a pasar a través del laberinto,
solo esperaba que Max estuviera haciendo su parte en el exterior.

Max estaba esperando en la salida del Laberinto de Espejos. Tenía
una caja lista para recoger a Magallanes. También tenía una pequeña
jaula de plástico en la que Takahashi esperaba para hacer su parte en la
misión.

Cuando oyó la voz de Marvin, el Magnífico, desde el interior del laberinto, supo que estaban acercándose a la salida. Cuando se agachó con la caja lista para recoger, esperaba que Magallanes fuera capaz de hacerle honor a su nombre.

Magallanes se apresuró fuera del Laberinto de Espejos y por la pequeña rampa hasta donde Max estaba esperando. Max recogió Magallanes con la caja. Luego, abrió la jaula y dejó que Magallanes se escabullera dentro.

Magallanes y Takahashi forcejearon por el trozo de queso por un momento antes de Takahashi finalmente ganara. Una vez que finalmente tuvo el trozo de queso en su boca, Max lo liberó de la jaula. Takahashi corrió tan rápido por el segundo pasillo de madera que Rebekah había construido que todo lo que Max vio fue un borrón blanco.

"¡Espera! ¡Vuelve!" Marvin, el Magnífico, gritó mientras corría fuera del Laberinto de Espejos.

Mouse estaba justo detrás de él. Mientras corría frente a él, Mouse le guiñó un ojo y saludó a

Max, quien le respondió de la misma forma. También subió un pulgar para que Mouse supiera que todo iba según lo planeado.

Capítulo 9

EL pobre Marvin estaba completamente sin aliento y tuvo que parar por un momento para respirar un poco.

"Dios mío, ¿está bien?" preguntó Mouse y palmeó la espalda del hombre con cautela. "¿Necesita un poco de agua?" Mouse preguntó amablemente. Marvin asintió con la cabeza, sin aliento.

"¡Jaden! ¡Agua!" Mouse gritó en voz alta. Jaden, quien habían estado esperando su señal, llegó corriendo con una taza de agua, pero fingió tropezar y derramó el vaso de agua justo en la cara de Marvin.

"¡Ah!" Marvin gritaba y escupía mientras trataba de limpiar el agua de su rostro.

"¡Pobrecito!" Amanda gritó mientras corría hacia ellos. "¿Le gustaría un trapo para limpiar su cara?", sonrió mientras le ofrecía el trapo.

"Oh, gracias. Finalmente", resopló y fulminó a Jaden con la mirada. "Alguien con modales", empezó a pasar el trapo por su rostro para secar el agua. Lo que no sabía era que el trapo había sido cubierto con brillantina y cuando terminó de limpiarse, su rostro también estaba cubierto con ella.

Le pasó el trapo de nuevo a Amanda con una sonrisa de agradecimiento y luego comenzó a correr detrás de Takahashi, una vez más. Tan rápido como trataba de correr, el ratón siempre parecía ser mucho más rápido.

Para cuando el ratón llegó al final del pasillo de madera, la multitud de curiosos había escuchado lo que estaba sucediendo. Algunos estaban animando al ratón, mientras que otros estaban animando a Marvin, el Magnífico.

Takahashi subió al escenario por la pequeña rampa. Mikey, que había sido olvidado en medio de su carrera de obstáculos, había llegado de la mesa al escenario. Cuando vio a Takahashi yendo hacia él, se agachó, un poco asustado. Takahashi todavía tenía el pedazo de queso en la boca.

"¡Por favor!" Marvin gritó. "Todavía tengo varios shows esta noche. Ese es el único queso que a

Mikey le gusta. Si no lo tengo, ¡entonces no hará sus trucos!"

Mientras subía al escenario, Takahashi colocó el pedazo de queso delante de Mikey. Este lo olió nerviosamente y luego se lo tragó de un solo mordisco. La multitud aplaudió al obviamente hambriento ratón.

Capítulo 10

Marvin, el Magnífico, gimió y se golpeó la frente, quitándose su sombrero de copa cuando lo hizo. Cuando este cayó, un pájaro que había sido escondido en él, tomó vuelo. Ella voló hacia el cielo nocturno, rodeada por las luces brillantes del carnaval.

"Oh, ¡ya lo lograste!" Marvin se quejó en voz alta. "¡Eso es todo!" gritó mientras Mouse llegaba corriendo hacia el escenario. "¡Terminé! ¡Renuncio! ¡Nunca presentaré otro espectáculo de nuevo!" gritó.

Su audiencia comenzó a dispersarse mientras Marvin, el Magnífico, caía sobre sus rodillas y golpeaba las tablas de madera de las que el escenario estaba hecho. No estaba feliz, ni siquiera un poco, y Mouse se dio cuenta de que él no tomaría esto como una broma.

Jaden, Amanda, Max y Rebekah se acercaron. Estaban mirándose el uno al otro, nerviosos, preguntándose si iban a meterse en serios problemas por lo que habían hecho. Pero Mouse estaba mirando con tristeza a Marvin.

A pesar de que él había querido jugarle una broma a Marvin, a pesar de que tenía la esperanza — contra toda probabilidad — de que sería capaz de engañar a Marvin, nunca había querido que él cancelara su acto.

Mouse había esperado esto cada año. Ahora nunca tendría la oportunidad de verlo de nuevo.

Tampoco lo harían los otros niños que fueron a la feria, no solo en su pueblo, sino en todos los pueblos y ciudades que el carnaval visitaba.

Se dio cuenta de que su broma podría haberse convertido en un gran problema en lugar de una gran carcajada. Marvin, el Magnífico, ya no se veía magnífico. De hecho, ni siquiera se veía enojado. Él solo se veía triste. Tan triste como un hombre con la cara llena de brillo podía verse.

Mouse se acercó y cogió a Takahashi. Lo colocó suavemente con Houdini y Magallanes en la caja que Rebekah estaba sosteniendo.

Capítulo 11

Rebekah negó con la cabeza ligeramente mientras miraba a Mouse y a Marvin.

"Tenemos que hacer algo", dijo en voz baja. "No podemos dejar que cancele todo su acto por culpa de nuestra tonta broma".

"Lo sé", Mouse suspiró y bajó sus hombros. Se aclaró la garganta y se acercó a Marvin, el Magnífico. "Discúlpeme, ¿Sr. Marvin, el Magnífico?" Mouse preguntó mientras el hombre finalmente había descubierto que tenía brillantina en la cara y se la limpiaba con un rincón de su capa.

"Tú", gruñó a Mouse. "Anda, ¡vete de aquí! ¿No has hecho suficiente?", exigió.

"Bueno, yo solo quería disculparme", Mouse explicó vacilante. "No quería molestarlo".

"¿No querías molestarme?" Marvin jadeó mirando a Mouse con incredulidad. "Todo esto fue planeado. ¡Molestarme era tu plan!"

"No, no lo era", dijo Mouse con firmeza. "Lo digo en serio", añadió cuando Marvin negó con la cabeza. "Realmente no lo era. Me encanta su espectáculo, y creí que pensaría que fue por sana diversión", señaló con el ceño fruncido.

"Bueno, no es así", Marvin espetó mientras se levantaba del escenario. Cogió a Mikey y lo puso de nuevo en su caja laberinto plateada. "Si te encantó tanto mi espectáculo, ¿por qué me harías esto?", preguntó con frustración.

"Yo sólo quería ver si podía ser lo suficientemente bueno", explicó Mouse. "Si la idea que se nos ocurrió a mis amigos y a mí era lo suficientemente buena para engañarle".

"Bueno, felicitaciones", Marvin respondió con un suspiro. "Me engañaste. Me embromaste.
Arruinaste a Marvin, el Magnífico".

"Lo siento mucho", dijo Mouse entristecido. "No era mi intención que cancelara el espectáculo".

"Sin importar tu intención, lo hecho, hecho está", dijo Marvin con firmeza. "Me has avergonzado. No hay manera de que pueda salir de nuevo esta noche o cualquier otra noche".

"Pero usted no debería estar avergonzado", Mouse insistió. "Lo digo como un cumplido. Pues bien, un día espero tener un espectáculo como el suyo".

Marvin lo miró con sorpresa. "¿En serio?", murmuró.

"Por supuesto", Mouse sonrió. "¿Quién no querría tener un acto tan increíble y deslumbrante como el de Marvin, el Magnífico?"

Marvin lo miró fijamente durante un momento. Estaba tratando de decidir si Mouse quería engañarlo de nuevo.

"Todos realmente lo sentimos", Rebekah añadió mientras daba un paso de detrás de Mouse.

"Realmente pensamos, ya que hace tantos trucos, que pensaría que fue divertido".

"Bueno", se detuvo un momento y miró a los niños delante de él. "Fue muy divertido", admitió finalmente. "Digo, la parte con el agua y la brillantina", le frunció el ceño a Amanda y Jaden. "Eso fue genial", admitió a regañadientes.

"Y el responsable de la idea de enviarme a través del laberinto", Max levantó la mano ligeramente. "Bueno, joven, fue una excelente idea", Marvin se rio. "Me mareé tanto allí que para el momento en que salí, tuve que comprobar para asegurarse de que realmente solo había uno de mí".

Pero sigo pensando que es hora de que me retire. Quiero decir, ¿cómo podría seguir con otro espectáculo después de lo avergonzado que estoy?" sacudió la cabeza y sonrió con tristeza a los niños. "Sé que no lo hicieron adrede, pero me voy a meter en un montón de problemas por esto".

"Tal vez no sea así", Jaden sugirió repentinamente.

Capítulo 12

"¿Qué quieres decir?" preguntó Marvin mientras lo miraba esperanzado. "¡Todo el mundo lo vio!

¡Todo el carnaval estará hablando de ello!"

"¡Perfecto!" Jaden sonrió. "Creo que podemos convertir esto en algo grande para usted, Marvin, el Magnífico".

"¿Cómo?", preguntó Marvin con escepticismo.

"Sí, ¿cómo?" preguntó Mouse con confusión y miró a Jaden.

"Todo lo que necesitamos es hacer que todo sea parte del espectáculo", Jaden explicó con un encogimiento de hombros. "Claro que todos lo vieron suceder, pero de lo que no se dieron cuenta fue de que solo era parte del espectáculo".

"Nadie va a creer eso", Marvin resopló con un movimiento de cabeza. "Ellos esperarán que haga el mismo espectáculo otra vez, y cuando no lo haga, sabrán la verdad".

"Entonces...", dijo Max pensativo. "Haga el show de nuevo", sonrió al sugerir esto.

"¿Qué?" Marvin parecía muy confundido.

"¡Max, eso es brillante!" Amanda anunció.

"Bueno, realmente fue idea de Jaden", dijo Max con un encogimiento de hombros y una sonrisa.

"Lo que quiere decir es que usted y Mouse deben hacer la misma rutina de nuevo", Rebekah sonrió mientras le explicaba esto a Marvin, el Magnífico.

"Oh, de ninguna manera", Mouse negó con la cabeza y desvió la mirada. "Estoy seguro de que a Marvin, el Magnífico, no le gustaría compartir el escenario conmigo".

Marvin se quedó callado por unos momentos mientras pensaba en la idea. "En realidad", dijo finalmente. "Eso no es una idea terrible. Creo que podríamos hacer que funcione", sonrió mientras miraba a Mouse. "¿Qué piensas? ¿Quieres trabajar el resto de los espectáculos conmigo mientras estamos en el pueblo?", preguntó.

Los ojos de Mouse se ensancharon mientras asentía rápidamente con la cabeza. No podía pensar en nada más asombroso que compartir el escenario con Marvin.

"¡Me encantaría!" dijo rápidamente. "Quiero decir, si realmente quiere".

"Sí quiero", Marvin le aseguró. "Pero absolutamente tenemos que hacer esa parte del queso de nuevo. ¡Eso fue hilarante!" se rio al recordarlo.

"Por supuesto", Mouse sonrió.

Capítulo 13

Esa noche, y por el resto del fin de semana, mientras que el carnaval estaba en el pueblo, Mouse logró participar en el espectáculo de Marvin, el Magnífico. Cada vez que hacían la rutina de los ratones corriendo con el queso, tenía la misma reacción sensacional. De hecho, las opiniones se extendieron rápidamente y cada espectáculo estaba lleno. Mouse estaba muy orgulloso de ser parte del espectáculo. También estaba orgulloso de sus ratones mascota, que estaban dispuestos a participar. Pero, sobre todo, se alegraba de que Marvin, el Magnífico había decidido no cancelar su espectáculo. En la última noche del carnaval, Marvin, el Magnífico, apartó a Mouse a un lado.

"Quiero agradecerte por hacer el espectáculo conmigo", dijo con una sonrisa. Le entregó a

Mouse un volante especial que había inventado. En él, estaba su imagen con Mouse a su lado. El titular decía: Marvin, el Magnífico, y debajo con la misma escritura en negrita decía: Con la Participación de Mouse, el Maravilloso y sus Ratones, los Sorprendentes.

"¡Esto es fantástico!" Mouse dijo feliz mientras miraba el volante. Él planeaba enmarcarlo y colgarlo en su habitación.

"La próxima vez que venga al pueblo, espero que hagas el show conmigo otra vez", Marvin sonrió.

"Sería un honor", Mouse respondió con un gesto de orgullo. A pesar de que su broma no había salido exactamente como él y su club secreto había planeado, todavía había resultado ser una aventura increíble.

El Club Secreto de Mouse #5

La Broma de Picnic

PJ Ryan

El Club Secreto de Mouse
#5: La Broma de Picnic

Capítulo 1

Comenzó como un día brillante y soleado. El cielo estaba disperso con nubes blancas y felpudas. La hierba estaba verde, los pájaros cantaban. Mouse estaba seguro de que era el día perfecto para su picnic.

No podía esperar a llegar a la casa del árbol cerca del parque. Era el lugar de encuentro de todos los niños de su club secreto. Ellos se reunían en la casa del árbol para discutir los planes para su próxima broma.

Mouse y todos sus amigos disfrutaban de una buena broma. A veces se las jugaban unos a otros y otras veces a otras personas, pero siempre eran divertidas.

Mientras corría hacia la casa del árbol, sostenía su mano suavemente sobre el bolsillo superior de su camisa. Dentro de su bolsillo, había un pequeño ratón blanco. Era una de las mascotas de Mouse. Él tenía una colección de ratones que eran sus mascotas, así fue como consiguió su apodo, ya que siempre tenía al menos uno de ellos con él. Hoy, había traído a Ferdinand, que se meneaba en su bolsillo.

Cuando Mouse llegó a la casa del árbol, Rebekah y Amanda ya estaban allí. Lo saludaron desde las pequeñas ventanas mientras subía por la escalera.

"Entonces, ¿cuál es la gran sorpresa?" Rebekah preguntó ansiosamente. Mouse los había reunido con la promesa de una sorpresa, pero se negó a dar el más mínimo indicio de lo que podría ser.

"Esperemos hasta que todo el mundo esté aquí", dijo Mouse mientras se sentaba junto a ellas en el interior de la grande casa del árbol.

"Aw", Rebekah hizo un puchero mientras se sentaba. No le gustaban los misterios que no podía resolver. Amanda se cruzó de brazos y zapateó.

"¡No creo que pueda esperar tanto tiempo!" ella suspiró.

"No tendrás que esperar mucho tiempo… Mira", Mouse dijo señalando por la ventana a los otros dos miembros del Club Secreto de Mouse que corrían hacia la casa del árbol.

Jaden y Max se reían mientras trataban de llegar primero a la escalera. Jaden ganó, ya que era un corredor rápido. Max llegó en un cercano segundo lugar. Mientras trepaban por la escalera, Mouse se puso de pie para saludarlos.

Capítulo 2

"Muy bien, chicos", Mouse sonrió mientras Jaden y Max, sin aliento por correr, se dejaban caer en el suelo de la casa del árbol. "En honor a los buenos socios del club que han sido, voy a organizar un picnic especial para todos ustedes hoy".

"¿Picnic?" Jaden preguntó con una ceja levantada. Todavía estaba un poco cansado por correr.

"¿Esa es la sorpresa?"

"Claro", Mouse asintió, su sonrisa ancha mientras veía las confundidas caras de sus amigos.

"¿No suena divertido?"

"Supongo", Amanda se encogió de hombros y luego sonrió. "¿Habrá decoraciones?" preguntó esperanzada. Amanda era una muy buena artista y me encantaba todo lo que implicara brillo.

"No hay decoraciones", Mouse negó con la cabeza. "Lo siento, Amanda".

La sonrisa de Amanda desapareció y volvió a cruzar los brazos.

"¿Habrá juegos?" Max preguntó esperanzado. "Puedo hacer que mi papá invente algo", sugirió.

Su papá era un científico y siempre tenía algo nuevo para Max que probara.

"No hay juegos", Mouse negó con la cabeza. "Solo vamos a comer una buena comida y a pasar un buen rato". Él estaba sonriendo ampliamente.

"Bueno ¿qué tal una carrera?" Jaden sugirió con un brillo en sus ojos. Sabía que podía ganar.

"¡Es solo un picnic!" Mouse dijo y levantó las manos en el aire. "Eso es todo, nada más. ¡Solo amigos y comida!"

"¿Un picnic con una broma?" Rebekah preguntó con picardía mientras le sonreía a su buen amigo. "Estás tramando algo, ¿no es así, Mouse?"

"Estén en las mesas de picnic a los dos esta tarde", dijo Mouse con firmeza. "Confíen en mí, será genial".

La forma en que sus ojos brillaban hacía que todos los niños lo miraran graciosamente. Rebekah asintió lentamente.

"Sí, definitivamente está tramando algo", se rio.

"¡Shh!" Mouse pisoteó y miró a Rebekah. "No traten de descubrirlo. ¡Solo estén allí!"

"Bien, bien", Rebekah frunció el ceño. "No hay necesidad de molestarse".

"¿Me lo prometes, Rebekah?", preguntó Mouse con severidad. Sabía lo mucho que ella amaba resolver cualquier misterio que se atravesara en su camino y estaba un poco preocupado de que echara a perder su sorpresa.

"Lo prometo", ella suspiró.

"Muy bien, ¡entonces los veré a todos en las mesas de picnic a las dos!" Mouse declaró. Él no podía dejar de sonreír, pero sus amigos estaban un poco nerviosos.

Capítulo 3

Mouse estaba muy emocionado por el picnic. No solía planificar las cosas por sí mismo, porque le gustaba hacer participar a todo el club, pero quería sorprender a sus amigos con un juego especial. No creía que lo disfrutarían mucho, pero estaba seguro de que sería muy divertido.

Se fue con su madre a la tienda tan pronto como salió de la casa del árbol para buscar todo lo que necesitaría para el picnic.

Siendo tan bueno para planificar bromas, Mouse se concentraba en una cosa, y solo en una cosa. Él nunca haría algo como comprobar el pronóstico del tiempo antes de partir para su picnic. Simplemente no le parecía importante. El cielo estaba azul, después de todo, aunque había algunas nubes oscuras asomándose.

Por lo que cuando se marchó hacia el parque con una cesta de picnic en una mano y una bolsa de suministros al hombro, ni siquiera notó que el cielo estaba cada vez más gris.

Llegó al parque antes que sus amigos y comenzó a establecer el picnic. Primero, extendió el tradicional mantel rojo y blanco. Incluso le colocó cinta para asegurarse de que no revolotearía fuera de la mesa.

Luego estaba la cesta de picnic de mimbre. La colocó sobre la mesa y la abrió.

Desde el interior, sacó una pequeño jaula de plástico y le sonrió al pequeño ratón blanco dentro.

Arrojó unos trozos de queso en la jaula de su mascota para que tuviera algo para picar.

"Hola, Ferdinand, al menos tú disfrutarás de tu comida", sonrió y dejó la jaula en la mese.

Entonces, comenzó a sacar los contenedores de la cesta de picnic. Los alineó sobre la mesa, uno tras otro y no pudo evitar reír mientras lo hacía.

Pronto, escuchó a sus amigos caminar hacia la mesa de picnic. Estaban riendo y bromeando entre sí acerca del picnic y de lo que Mouse podría estar tramando.

Él sacó rápidamente un sombrero de copa y una capa de la bolsa de provisiones que había traído. Incluso tenía un bastón negro delgado en el que apoyarse. Sus amigos lo miraron extrañamente mientras se alineaban frente a la mesa de picnic. De espaldas a ellos, sacó un elemento más para completar su vestuario.

Capítulo 4

"Bienvenidos, bienvenidos", dijo mientras se volteaba para enfrentar a sus amigos con un espeso y negro bigote falso pegado a su labio superior.

"Uh, Mouse", dijo Max mientras inclinaba su cabeza hacia un lado. "Tienes algo…" se acercó y tocó su labio superior.

"Tonterías, jovencito", Mouse ladró y movió su mano hacia la mesa de picnic. "Por favor, tomen asiento, si se atreven", añadió con una risita malvada que hizo que los ojos de Amanda se abrieran.

"¿De qué se trata esto?" Rebekah preguntó con suspicacia mientras miraba los contenedores alineados sobre la mesa. Ella era una detective, por lo que era suspicaz por naturaleza, y el traje de Mouse la hacía sospechar aún más.

"Todo se revelará pronto", Mouse prometió en un fuerte acento que no sonaba como si perteneciera a ningún país.

"Oh, Dios, es peor de lo que pensábamos", Amanda frunció el ceño mientras negaba con la cabeza. "¿Seguro de que estás bien, Mouse?"

"¿Quién eres tú y qué has hecho con nuestro Mouse?" Jaden exigió mientras fruncía el ceño y se cruzaba de brazos.

Mouse guiñó ligeramente por debajo de la sombra de su sombrero de copa. "No tengan miedo, mis amigos, ¡su Mouse está aquí! Debido a que todos son especiales y únicos, han sido seleccionados para ser parte de un club muy especial. ¡Hoy demostrarán qué tan valiente son!"

"Uh, oh", Rebekah suspiró mientras seguía estudiando los grandes contenedores en el picnic.

"Este es un picnic misterioso".

"¡Un picnic maravilloso!" Mouse corrigió con una rabieta. Hizo un gesto hacia la mesa de picnic con su largo y fino bastón. "¡Todo el mundo, por favor, tome asiento!" golpeó el extremo del bastón sobre el banco de la mesa de picnic.

Max, Jaden, Rebekah y Amanda se miraron preocupados. Conociendo las excelentes habilidades para bromas de Mouse, todos estaban un poco inseguros acerca de lo que sucedería a continuación.

Capítulo 5

"Siéntense, siéntense", Mouse les animó y golpeó el bastón con más fuerza. Rebekah miró

Mouse, tratando de averiguar qué era exactamente lo que estaba planeando.

"¡Oh, ustedes cuatro no son valientes en absoluto!" Mouse dijo en su acento extraño. Su bigote estaba empezando a aflojarse un poco. "Ya está, perdieron el juego antes de que empezara", anunció con un ceño sombrío.

"¡No, espera!" Jaden gritó. "¡Somos valientes! ¡Lo somos!" Jaden insistió y se sentó a la mesa de picnic. Max se sentó junto a él, ya que no quería ser el último en sentarse. Amanda y

Rebekah se sentaron al otro lado de la mesa. Amanda se deslizó un poco más cerca de Rebekah.

Todos estaban viendo los contenedores con temor.

"¡Todos sabemos que un picnic no está completo sin una comida fantástica!" él se rio y se frotó las manos. Luego, levantó la parte superior del primer recipiente grande. Un olor extraño flotaba fuera del contenedor. Fue picante y fuerte.

"Nuestro primer plato se ha extraído directamente del cráneo de un mono", anunció con voz gutural. "Pero no cualquier mono, el mono más raro en toda la selva".

"¿Cuándo estuviste en una selva?" Rebekah preguntó escéptica con el ceño fruncido.

"¡Silencio!" Mouse insistió y goleó el final de su bastón contra la mesa justo en frente de

Rebekah, haciéndola saltar por el agudo sonido.

"¡Uf!" Amanda gritó y se cubrió los ojos en el momento en que olió el aroma.

"¿Esos son cerebros?" Jaden preguntó con horror mientras miraba el interior del contenedor.

"Parecen cerebros", se quejó.

Max no podía decir una palabra mientras miraba la papilla en el contenedor con la boca ligeramente abierta y los ojos como platos.

"Vaya recompensa", Rebekah murmuró con un escalofrío. Luego, miró más de cerca el contenido del recipiente. "Oye, espera eso es solo…" empezó a decir, pero Mouse se llevó un dedo a los labios para calmarla y agitó su varita en advertencia.

"¡Todo el mundo tome un bocado!" dio instrucciones mientras le entregaba cucharas de plástico a cada uno de sus amigos. Trató de ocultar su sonrisa, pero no pudo evitar sonreír un poco ante sus rostros aterrorizados.

"No, no, no", Amanda cantaba, ella aún tenía los ojos cubiertos, por lo que Mouse puso su cuchara en la mesa de picnic en frente de ella.

"Creo que me enfermaré", Jaden se quejó y negó con la cabeza. "Comeré un montón de cosas, pero cerebros no es una de ellas".

"¿Max?" Mouse preguntó mientras sostenía una cuchara para él. Max siguió mirando. Su rostro se había puesto muy pálido.

"¿Nadie, en serio?" Mouse preguntó con el ceño fruncido. "¡Esta es solo la primera prueba!", dijo con frustración, pero sonó más divertido por su fuerte y extraño acento.

Capítulo 6

"¡Yo tomaré un bocado!" Rebekah ofreció con una sonrisa mientras miraba a Mouse. Max y Jaden la miraron con sorpresa. Incluso Amanda se asomó de entre sus dedos para mirar a Rebekah con sorpresa.

"¡Eso es valentía!", dijo Mouse feliz y empujó el contenedor hacia Rebekah. Ella tomó su cuchara y sonrió a sus amigos mientras la metía en los contenidos rojos y pegajosos de la taza.

"Mmm", murmuró mientras levantaba una cucharada colmada hacia su boca. Amanda se cubrió los ojos de nuevo.

"No, no, no lo hagas", le gritó y gimió al mismo tiempo.

Jaden y Max se inclinaron hacia delante viendo como Rebekah abría la boca. Ella se metió toda la cucharada en la boca y sonrió mientras masticaba.

"¡Yum!", declaró cuando se había tragado la cucharada.

Max se veía como si fuera a caerse. Jaden miraba la papilla en el tazón. Amanda ahora gemía en voz muy alta.

"¿Puedo comer un poco más?" preguntó Rebekah alegremente y chasqueó los labios como si estuviera delicioso.

"¡Ah, Rebekah, estás arruinándolo!" Mouse se quejó mientras se quitaba su sombrero de copa y lo arrojaba sobre la mesa.

"¿Qué?", preguntó Rebekah inocentemente mientras lo miraba y se encogía de hombros. "No puedo evitar que me guste el cerebro de mono".

"¿A quién podrían gustarle los cerebros de mono?" Jaden exigió, con los ojos como platos.

"¿A quién no?" Rebekah rio. "Pruébalo, Jaden", ella le guiñó un ojo y empujó el recipiente hacia él, quien la miró con confusión y horror.

"¿Es Rebekah la única lo suficientemente valiente?" Mouse preguntó mientras ponía su sombrero en la parte superior de su cabeza y enderezaba su bigote.

"¡Sí!" Amanda anunció y se encogió cuando recibió otra bocanada del extraño olor que flotaba fuera del contenedor.

El viento estaba empezando a hacerse más fuerte, y parecía estar soplando el olor directamente en su dirección. Max todavía solo estaba mirando en silencio. Cuando Rebekah empujó el contenedor y el cerebro de mono se movió hacia atrás y hacia adelante con un chapoteo, gimió y apartó la mirada.

"No", dijo Jaden firme cuando recogió su cuchara. "Si Rebekah puede probar un bocado, yo también puedo", dijo con un guiño. Bajó la cuchara en el cerebro de mono. Cuando la cuchara se aplastó sobre ello, hizo una mueca.

"Oh, tal vez me equivoqué", murmuró y comenzó a tirar de la cuchara de vuelta.

"Haz la prueba", Rebekah le animó. "Es muy sabroso. Eso sí, no pienses de dónde viene", trató de no reírse mientras Mouse le lanzaba una mirada.

"Está bien", Jaden suspiró y recogió una pequeña cucharada del cerebro de mono. Mientras

Jaden estaba a punto de tomar un bocado, un gran trueno sonó a través del cielo. Llamó la atención de todos.

Capítulo 7

"¡Oh, no!" Mouse gritó mientras miraba hacia el cielo con sorpresa, perdiendo su extraño acento. "No va a llover, ¿verdad?" jadeó.

"¿No viste el pronóstico del tiempo para hoy?" preguntó Max, que finalmente encontró su voz de nuevo. "¡Se esperan tormentas eléctricas para toda la tarde!" negó con la cabeza mientras miraba hacia el cielo. "Me parece una mala".

"Oh, no", Mouse suspiró con decepción. "Bueno, ojalá tengamos unos minutos para…" antes de que pudiera terminar la frase, la lluvia comenzó a caer. Llenó el plato de cerebros de mono.

Mouse luchó para cubrirlo, pero cuando lo hizo, accidentalmente tumbó la jaula de plástico en que estaba Ferdinand.

"¡Mouse! ¡Tu ratón!" Amanda chilló señalando la mancha blanca que corría por la hierba.

Mouse se lanzó tras Ferdinand con la esperanza de atraparlo antes de que lelgara demasiado lejos. Pero su pie resbaló en el pulido césped y cayó. Aterrizó con fuerza sobre el suelo, que estaba poniéndose muy fangoso.

"Auch", gimió. Max cogió la jaula de plástico y persiguió a Ferdinand, mientras Rebekah corría a ayudar a Mouse.

"¿Estás bien?" le preguntó mientras lo ayudaba a levantarse.

"Creo que sí", dijo él suspirando. Levantó la vista hacia el cielo y las gotas de lluvia golpearon su rostro. "Vaya picnic", resopló.

Capítulo 8

Cada vez que Max se acercaba a Ferdinand, el ratoncito lograba escapar. Una vez que Max tenía la jaula casi encima de él, cuando se deslizaba por la hierba resbaladiza, el ratón se alejaba con rapidez.

Jaden trató de atraparlo mientras corría en la otra dirección, pero Ferdinand no quería tener nada que ver con ser capturado. Parecía que le gustaba la lluvia y salpicar en los charcos que estaban creciendo. Terminó corriendo de vuelta debajo de la mesa de picnic. Corrió directamente hacia los pies de Amanda.

"¡Ah!" gritó ella y saltó de la mesa de picnic. Cuando lo hizo, se tropezó en el banco y agarró el mantel para evitar caerse. En cambio, arrancó el mantel de la mesa y, con él, la comida que
Mouse quería que probaran.

Los cerebros de mono salpicaron por todas partes, junto con los globos oculares de ogro, y algunos montones de viscosas tripas de serpientes, que aterrizaron en la camisa de Amanda.

"¡Oh, no! ¡Oh, no!", gritó mientras bailaba tratando de limpiarse las tripas, pero sin tocarlas.
Jaden vino a su rescate con algunas servilletas empapadas de lluvia.

Mouse observó cómo se desarrollaba el caos. Su plan para un genial picnic seguramente no incluía una tormenta eléctrica. Ferdinand había quedado atrapado debajo del mantel, por lo que Max finalmente fue capaz de atraparlo en la jaula.

"Mira, lo atrapé", dijo Max feliz llevando la jaula con Ferdinand de vuelta a Mouse. El pobre ratón estaba empapado y temblando.

Capítulo 9

"Gracias, Max", dijo Mouse felizmente, aunque su sonrisa no era muy alegre. "Supongo que eso es todo. Solo tendremos que ir a casa", miró con tristeza la comida que había sido arrojada al suelo y el mantel rasgado.

"¡Sí!" Amanda dijo con un grito de alegría. "¡Eso significa que no tengo que comer cerebros de mono!"

"Solo era espagueti y salsa", Rebekah rio mientras ayudaba a Mouse a limpiar los contenedores que estaban dispersos por todo el suelo. "¿Y uvas peladas?" supuso mientras cogía uno de los globos oculares de ogro. Mouse suspiró y asintió recogiendo lo que quedaba de las tripas de serpiente.

"Y baba de mantequilla de maní y malvavisco", añadió.

"¿En serio?" Amanda se quedó sin aliento por la sorpresa. "¡Amo el espagueti! ¡Y las uvas! ¡Y la mantequilla de maní y malvavisco!", suspiró con decepción. "¡Genial, ahora tengo hambre!" gruñó y se fue corriendo por la lluvia. Rebekah se encontró con los ojos de Mouse sobre la mesa de picnic. Ella se dio cuenta de que estaba muy decepcionado.

"Fue una buena idea, Mouse", dijo con una sonrisa. "Y de la mejor comida para broma de picnic que he visto".

"Ni siquiera pude engañarte", Mouse suspiró mientras recogía el último de los artículos que había traído al picnic.

"No te preocupes por eso, Mouse, igual nos divertimos", Rebekah le aseguró ayudándole a doblar el mantel.

"¡Me voy a casa para secarme!" Jaden gritó mientras corría a través de la hierba.

"¡Yo también!" Max gritó cuando un fuerte trueno sonó por encima de sus cabezas.

Mouse los saludó mientras los dos huían, dejando solo a Rebekah y Mouse absorbiendo las gotas de lluvia. Él ni siquiera parecía darse cuenta de la lluvia. No había manera de que
Rebekah fuera a dejar a su amigo, no importaba lo duro que estuviera lloviendo. Mientras caminaban de regreso a través de la hierba, con los suministros del picnic bajo el brazo, Mouse volvió a suspirar.

"Tal vez no soy el mejor presidente para este club", murmuró en voz baja. "Tal vez este club fue una mala idea", añadió con tristeza.

"Mouse, no seas tonto", Rebekah negó con la cabeza. "¡Este club es la parte más divertida de mi semana!"

"Tal vez", Mouse se encogió un poco, pero aún no podía sonreír. "Pero ni siquiera puedo ser el anfitrión de un sencillo picnic de broma", señaló y se marchó hacia su casa.

Capítulo 10

Cuando llegó a casa, fue directo a su habitación. Ni siquiera cambió su ropa mojada. Solo puso a Ferdinand en la gran jaula con sus amigos ratones y luego se dejó caer en su cama.

Se quedó mirando el techo con tristeza. No tenía idea de cuánto tiempo estuvo acostado allí, pero no fue hasta que su teléfono comenzó a sonar que se dio cuenta de que su ropa estaba seca.

Cogió el teléfono para descubrir que era Rebekah llamando.

"Hola, Mouse", dijo ella demasiado alegremente.

"Hola, Rebekah", suspiró.

"¿Crees que podríamos tener una reunión especial del club mañana?", preguntó.

"¿Qué club?", suspiró.

"Oh, Mouse, no seas tan dramático", Rebekah insistió. "Por favor, ¿podemos tener una reunión mañana?", preguntó.

"Supongo", Mouse suspiró. "Tal vez podríamos elegir un nuevo líder del club".

"Solo si podemos encontrar otro Mouse", dijo Rebekah felizmente.

"Claro", Mouse suspiró de nuevo y colgó el teléfono. Él estaba tan molesto por su broma fallida que no pudo dormir en toda la noche. No dejaba de pensar en que si tan solo hubiera revisado el pronóstico del tiempo, si hubiera pensado bien y se hubiera asegurado de que estaba preparado, su broma habría funcionado muy bien. En su lugar, había arruinado toda la travesura.

Para el momento en que salió el sol al día siguiente, estaba dispuesto a renunciar a su club por completo. Había sido divertido mientras duró. ¿Pero cómo podía presumir de ser el líder de un club que creaba bromas si ni siquiera podía jugar las suyas propias?

Todavía así no quería decepcionar a Rebekah, así que se hizo levantarse de la cama. Se obligó a comer un pequeño desayuno. Se obligó a caminar hacia el parque. Pero arrastró sus pies todo el tiempo.

Cuando llegó al parque, se dio cuenta de que ninguno de sus amigos estaba por ahí. Estaba seguro de que era porque estaban avergonzados de su broma fallida el día anterior.

Capítulo 11

Mouse subió la escalera a la casa del árbol. Se sorprendió al ver que todos sus amigos ya estaban allí. También se sorprendió cuando vio que la pequeña mesa estaba cubierta con un mantel de picnic.

"¡Sorpresa!" Rebekah gritó con alegría y aplaudió. Sobre la mesa, había tres grandes contenedores.

"¡Bienvenido a un picnic solo para ti, Mouse!" Rebekah anunció con una sonrisa. Jaden y Max también sonreían. Amanda estaba sosteniendo su nariz, pero también estaba sonriendo.

"¿Qué es esto?" Mouse preguntó con confusión mientras se sentaba a la pequeña mesa.

"Bueno, el pronóstico del tiempo dijo que podríamos tener otra tormenta hoy", explicó Max con un encogimiento de hombros. "Así que pensamos que mejor hacíamos el picnic en el interior".

"¿Ustedes hicieron todo esto por mí?" Mouse rio.

"Pensamos que tu broma del picnic fue genial", explicó Amanda. Su voz sonaba muy extraña, ya que todavía estaba sosteniendo su nariz. "Así que pensamos que la haríamos de nuevo. Solo que esta vez, tú serías el de la cuchara", ella le dio una gran cuchara de plástico. Mouse la tomó y miró a los contenedores con nerviosismo.

197

"Gracias a todos", dijo y levantó una ceja. "Creo". Mouse estaba bastante seguro de que estaba en problemas.

"Es una comida gourmet", Amanda explicó mientras levantaba la tapa de uno de los contenedores. "Se llama gusanos crudos a la tierra", ella se rio cuando Mouse miró el plato que tenía delante. Lo estudió por un momento, mientras todos sus amigos lo observaban fijamente.

"Mm", sonrió y cogió una cuchara. Podía ver los gusanos mezcladas en la tierra, pero eso no le impidió meter la cuchara. Tomó un gran bocado de tierra, y se aseguró de que también tuviera un gusano.

"¿Cómo puedes comer eso?" Jaden se rio y negó con la cabeza. "¡Eres valiente, Mouse!"

"Mm, sabe a chocolate y gusanos de gomita", Mouse sonrió mientras masticaba el bocado de comida.

"Bueno, puede que te guste ese", dijo Max con los brazos cruzados y el ceño fruncido. "Pero este nunca lo tocarás", abrió el contenedor siguiente. En el interior había lo que parecían largas piernas verdes. Incluso eran un poco fibrosas. Mouse movió la cabeza hacia los lados. Miró muy de cerca la comida en el recipiente. Luego trató de ocultar una sonrisa.

"Oh, sabroso", Mouse aplaudió y cogió una de las piernas. La tomó y la masticó rápidamente.

Max miró con horror mientras se escuchaba el crujido de la comida.

"¿Comerías ancas de rana?", preguntó con absoluta sorpresa.

"No", Mouse rio y negó con la cabeza. "Pero comería apio, y este es apio muy fresco", dijo con una sonrisa. Cogió otra pierna y se la comió con un crujido.

"Oh, ríndanse", Jaden gimió y levantó las manos. "Nunca va a ser engañado. ¿Cómo pudimos incluso pensar que teníamos una oportunidad contra el capitán de las bromas?"

Mouse se sonrojó ante eso. No pudo evitar sonreír. Después de pasar la noche y la mañana pensando en que no era digno de ser el líder del club, ahora estaba viendo que todos sus amigos parecían pensar lo contrario.

Capítulo 12

"Ya veremos", dijo Rebekah con determinación mientras abría el último contenedor sobre la mesa. "Yo hice este y nadie más sabe lo que es", añadió con una sonrisa taimada.

"¡Sé que es apestoso!" Amanda declaró mientras se pellizcaba la nariz de nuevo y se alejaba del contenedor.

"Debo decir que en esto tienes razón", Jaden acordó alejándose de la mesa también. Incluso
Max dio dos pasos atrás y chocó con la pared de la casa del árbol.

Mouse se quedó justo en frente de la mesa. Él no estaba mirando el contenedor, estaba mirando a Rebekah, quien todavía estaba sonriendo muy campante.

"Muy bien, Mouse, esta es tu oportunidad para mostrarnos cuán valiente eres", ella se rio cuando lo miró a los ojos.

Mouse entrecerró los ojos y miró el plato. Era serpenteante y se veía muy extraño. No estaba seguro de qué pensar. No se parecía a nada que hubiera visto antes. Pero tomó la cuchara que
Rebekah le entregó, listo para comerlo.

"¿Es espagueti?" preguntó con curiosidad mientras empujaba los largos mechones que parecían piernas.

"No, no son espaguetis", Rebekah rio de alegría y le acercó el contenedor. "Vamos, solo prueba un poco, Mouse".

"Eh", Mouse tocó el plato un poco más y la miró. "¿Es una especie de carne de vacuno fibrosa?", preguntó.

"No, para nada es carne de vacuno", respondió Rebekah y aplaudió con deleite. Estaba segura de que, por primera vez, estaba engañando a Mouse. "¡No más adivinanzas!" dijo con severidad. "¡Basta con tomar un bocado y masticar!"

Mouse estaba empezando a preocuparse un poco. Había adivinado que los gusanos y la tierra eran de chocolate y dulces por el olor dulce. Se había imaginado que las ancas de rana eran apio debido a la forma fibrosa que tenían. Pero esta comida era algo que no podía entender.

Algo le resultaba familiar, pero no estaba seguro de qué. Se acercó más y aspiró el olor. Se dio cuenta de inmediato de que fue un error terrible. El horrible olor que llenaba su nariz hizo revolver su estómago.

"Uh, Rebekah, ¿estás segura de esto?" preguntó, y la miró con nerviosismo. "¿No se estropeó o algo en camino a la casa del árbol?" se preguntó.

"No, está bastante fresco", Rebekah se rio en voz alta. "Mi madre y yo lo buscamos en la tienda hoy".

Mouse es alivió un poco por eso. Al menos sabía que era algo que podía comprarse en la tienda.

"¿Qué es?" preguntó finalmente, sabiendo que no le diría la verdad.

"Es pulpo", Rebekah respondió con orgullo. "Creo que si tomas un bocado, podría gustarte".

"¿Pulpo?" Mouse preguntó con una sonrisa. "Ja, ja, Rebekah, muy divertido", tocó la comida de nuevo. Tenía que admitir que se veía un poco como pulpo. "Toma un bocado", dijo Rebekah nuevo. "Ya lo corté en pequeños pedazos para ti. ¡Muéstranos lo valiente que eres!" dijo con una sonrisa maligna.

"Oh, como sea, Rebekah", Mouse volteó los ojos, tomó un bocado de la comida y luego llevó la cuchara directo a su boca.

Cuando cerró su boca sobre ella, él esperaba que fuera gelatina o algo familiar. En cambio, sabía un poco gomoso y limoso. Sus ojos se abrieron mientras miraba a Rebekah.

Capítulo 13

"¿Rebekah?" preguntó en torno a la comida en su boca. "¿Es esto realmente pulpo?" preguntó, con los ojos cada vez más grandes.

"Bueno, te dije lo que era, ¿no?" Rebekah chilló de risa. Mouse estaba tan sorprendido que tragó accidentalmente.

"¡Ugh! ¡Ack!" se agarró la garganta y sacó la lengua. "¡Asco! Rebekah, ¿cómo pudiste?" la miró.

"¡Te dije lo que era!" Rebekah señaló con una risa. Todos sus amigos la miraban con horror. No tenían idea de que realmente era pulpo. "Pensé y pensé en la mejor manera de engañar al mejor bromista en el mundo. Entonces me di cuenta, ¡es no engañarlo en absoluto! En lugar de mentir, te dije la verdad".

"¿Por qué?" exigió él mientras bebía una botella de agua que estaba sobre la mesa. "¿Por qué me haces esto a mí?", se lamentó.

"Oh, Mouse", Rebekah volteó los ojos. "No seas tan dramático, de nuevo. Sabía que no tenía necesidad de demostrar a todo el mundo lo valiente que eres, solo tenía que demostrártelo a ti.

Eres lo suficientemente valiente como para tomar un bocado de ese pulpo, ¡al igual que eres lo suficientemente valiente como para pensar en las mejores bromas! ¡Eres el único Mouse que podría liderar el Club Secreto de Mouse!"

Mouse suspiró mientras terminaba la botella de agua. Miró a sus amigos y se sintió mucho mejor comparado al día anterior. De hecho se sentía totalmente travieso.

"Está bien", dijo con una sonrisa. "Primera orden del club, ¡todos tienen que probar el pulpo!"

"¡No!" Amanda chilló y se dirigió a la escalera de la casa del árbol. Jaden y Max estaban justo detrás de ella, con Rebekah esperando impacientemente su turno. Mouse rio mientras observaba a sus amigos saliendo tan lejos y tan rápido de la casa del árbol como podían.

El Club Secreto de Mouse #6

La Casa Divertida

PJ Ryan

El Club Secreto de Mouse #6: La Casa Divertida

Capítulo 1

"Bien, clase, vamos a tener una competencia especial", el Sr. Burke dijo mientras se alejaba de la pizarra. "Queremos recaudar dinero para un nuevo equipo de deportes.

Queríamos probar algo un poco diferente. En vez de vender dulces, galletas o velas, pensamos que sería mejor pedir sus ideas para recaudar fondos".

Mouse se animó ante eso. Él había estado mirando por la ventana y soñando despierto. Ya había terminado su trabajo y solo esperaba que sonara el timbre. Cuando oyó las palabras 'competencia especial', empezó a prestar mucha atención.

"Las reglas son simples", el Sr. Burke continuó paseando delante de la primera fila de escritorios. "Tienen que idear una forma de recaudar fondos.

Pueden hacerlo por su cuenta o pueden trabajar en conjunto con un grupo. La idea tiene que ser nueva, no que se haya hecho antes como un lavado de autos o una venta de pasteles.

Queremos ver lo creativos que pueden ser", añadió con una sonrisa. "Sin embargo, no puede ser solo una idea, esperamos que nos proporcionen un plan. Harán una lista de los suministros que necesitarán, cuándo y dónde harían la recaudación de fondos y por qué creen que deberían ganar la competencia".

La mente de Mouse ya daba vueltas. Estaba seguro de que este era el proyecto perfecto para su club secreto. El club era un grupo de sus amigos que disfrutaba de una buena broma. Trabajaban juntos para idear las mejores formas en que podían jugar divertidas bromas, así que él estaba seguro de que podrían idear algo grande para la competencia. El muchacho sentado al lado de

Mouse levantó la mano.

"¿Sí?" preguntó el Sr. Burke.

"¿Qué ganamos?" preguntó el muchacho con una sonrisa ansiosa. Mouse ni siquiera se había preguntado cuál sería el premio.

"Bueno, si usted gana, usaremos su idea para la recaudación de fondos", explicó el Sr. Burke.

"Y usted recibirá una tarjeta de regalo para la tienda de herramientas".

"¿Herramientas?" uno de los niños en la parte trasera de la clase gimió. "¿Quién querría eso?"

Los ojos de Mouse estaban enormes. Él querría eso. Ya podía pensar en las millones de bromas que podía crear con tantos suministros. Abrió su cuaderno y comenzó a anotar sus ideas.

Capítulo 2

Tan pronto como sonó la campana, comenzó a cazar a los demás miembros de su club en los pasillos. Encontró a Max tratando de meter toda su colección de libros de química en su casillero. Ni siquiera eran para la escuela, pero a él le encantaba aprender acerca de ciencia.

"¿Necesitas ayuda?" preguntó Mouse mientras ayudaba a meter los libros en el casillero.

"Gracias", Max hizo un suspiro de alivio cuando se las arregló para cerrar la puerta del casillero completamente antes de que pudiera abrirse de nuevo.

"Escucha, necesitamos tener una reunión después de la escuela, ¿de acuerdo?" preguntó Mouse.

El club se reunía en una casa del árbol que habían encontrado en el bosque junto al parque.

"Estaré ahí", Max prometió y saludó con la mano mientras se apresuraba por el pasillo. Mouse casi chocó con Amanda, quien estaba caminando hacia atrás mientras desplegaba una serpentina que estaba conectado a la parte superior de su casillero.

"¿Qué estás haciendo?" Mouse rio y se las arregló para evitar chocar con ella.

"Solo un poco de decoración", Amanda respondió y arrancó el final de la serpentina. Luego, pegó con cinta el papel rosa claro al frente de su casillero. Sí hacía a su casillero mucho más festivo.

"Buen trabajo", Mouse asintió con aprobación. "Reunión hoy después de la escuela, ¿de acuerdo?", sonrió.

"Estaré allí, Mouse", prometió y pegó otra serpentina. Mouse sabía que solo le quedaban unos pocos minutos entre clases. Estaba buscando a Jaden y Rebekah mientras corría por el pasillo.

"¡Jaden!" Mouse se congeló cuando oyó el nombre de Jaden siendo gritado en el pasillo por una maestra muy molesta. "¡Nada de fútbol dentro de la escuela!"

Entonces, vio a Jaden pateando la pelota en medio del pasillo.

"¡Lo siento, Sra. Cooper!" Jaden dijo por encima del hombro mientras perseguía la pelota de fútbol. Mouse la detuvo con el pie y se agachó para recogerla.

"Aquí tienes, Jaden", dijo y se la entregó.

"Gracias, Mouse", Jaden suspiró con alivio. "Simplemente se alejó de mí".

"Conozco la sensación", dijo Mouse metiendo un pequeño ratón blanco en el bolsillo superior de su camisa. Mouse siempre tenía uno de sus muchos ratones mascota con él. Así fue como consiguió su apodo, Mouse, como ratón en inglés. Pero muchas veces su mascota escapaba.

Estaba tratando de ser más cuidadoso con ellos. "Vamos a tener una reunión del club después de la escuela, ¿de acuerdo?", preguntó.

"Estaré ahí", Jaden prometió y rebotó la pelota de fútbol en el suelo.

"¡Jaden!" gritó la Sra. Cooper.

"¡Lo siento!" Jaden se encogió. "Será mejor guardar esto en mi casillero", sonrió y corrió por el pasillo hacia su casillero. Mouse estaba a punto de entrar a su próxima clase cuando vio a Rebekah mirando algo pegado a la pared.

"¡Hola, Rebekah!" Mouse gritó mientras corría hacia ella.

"Hola, Mouse", dijo Rebekah con una voz distraída. "¡Creo que esto sería perfecto para el club!", anunció señalando el cartel en la pared acerca del concurso para la recaudación de fondos.

"¿Cómo es que siempre haces eso?" preguntó Mouse riéndose.

"¿Hacer qué?" Rebekah preguntó con sorpresa.

"Venía a hablarte de eso, pero como siempre, lo descubriste primero", sonrió y negó con la cabeza.

"Bueno, soy una detective", Rebekah explicó con orgullo en su voz.

"Buen punto", Mouse asintió. "¿Entonces nos encontraremos en la casa del árbol después de la escuela?", preguntó esperanzado.

"Seguro", Rebekah asintió cuando la campana sonó. "¡Sé que ganaremos!"

Mouse también estaba bastante seguro de que lo harían mientras se alejaba a su clase.

Capítulo 3

Después de la escuela, todos se reunieron en la casa del árbol. Todo el mundo estaba gritando ideas al mismo tiempo.

"¡Una cabina de artesanías!" Amanda sugirió.

"¡Un misterio de asesinato!" Rebekah gritó.

"¡Una carrera de obstáculos!" dijo Jaden dijo agitando su mano en el aire.

"¿Qué tal un juego de *Adivina ese elemento*?" Max dijo feliz, lo que hizo a todos detenerse y mirarlo. Max era uno de los chicos más inteligentes y el hecho de que su padre era un científico lo hacía aún peor.

"¿Nada de elementos?" preguntó con una media sonrisa.

"Tiene que ser algo nuevo y diferente", dijo Mouse pensativo. "Esas son todas buenas ideas, pero han sido hechas antes. Bueno, quizá no el misterio de asesinato, ¡pero no creo que el director nos deje asesinar a alguien, incluso si es fingido!"

"Buen punto", Rebekah suspiró.

"Y el juego de elementos puede ser divertido para ti, Max, pero no creo que todo el mundo lo disfrute", Mouse ofreció con el ceño fruncido.

"Supongo que tienes razón", Max asintió. "¡Necesitamos algo que sea diversión, diversión, diversión para todos!"

Las palabras de Max hicieron recordar algo a Mouse. Había visitado el circo durante el verano, y había unos espectáculos especiales después. Recordó un payaso en zancos que gritaba lo mismo: ¡Diversión, diversión, diversión para todos! El payaso había estado anunciando una casa divertida.

"¡Eso es!" Mouse chasqueó los dedos. "¡Podríamos tener nuestra propia casa divertida!"

"¿Casa divertida?" Jaden preguntó y negó con la cabeza. "¿Qué es eso?"

"Es como una casa embrujada, pero divertida", Rebekah explicó con una creciente sonrisa.

"No me gustan las casas embrujadas", dijo Amanda con severidad. "De ninguna manera".

"No es una casa embrujada", Mouse insistió. "Es una casa llena de trucos y bromas. ¿Qué podría ser mejor para nosotros?" preguntó con una sonrisa.

"Suena como una gran idea", Max asintió con un rápido movimiento de cabeza. "He estado en una antes y era un poco aterradora, pero más que todo divertida".

"Creo que si trabajamos juntos podemos idear algunas pequeñas bromas que incluir a la casa divertida", Mouse señaló. "Podríamos construirla en mi patio trasero", añadió.

"Bueno, siempre y cuando no sea demasiado aterradora", Amanda finalmente accedió.

"Tenemos que hacer planes para dárselos al Sr. Burke", Mouse explicó mientras sacaba un cuaderno. "Así que ideemos cómo podemos hacer esto".

"Bueno, conseguiríamos dinero vendiendo las entradas para la casa, ¿no?" preguntó Jaden.

"Claro", Rebekah asintió. "Creo que todos los niños en la escuela querrían ir, y probablemente harían que sus padres también compren boletos. Se podría hacer mucho más dinero que cualquier lavado de autos o venta de pasteles".

"Entonces no tendré que llevar mi propio balón de fútbol a la escuela", Jaden rio.

Mientras trabajaban conjuntamente para esbozar su proyecto y las ideas que tenían para él, el sol empezó a ponerse. Para el momento en que estaban listos, habían estado trabajando durante horas.

"¡Guau!" dijo Mouse mientras miraba afuera para ver que el cielo estaba oscureciendo. "Será mejor que vayamos a casa. Podemos reunirnos antes de nuestra primera clase mañana y llevarle esto al Sr. Burke", Mouse sugirió.

"¡Nos vemos!" Rebekah dijo mientras bajaba por la escalera.

Max la siguió, sus ojos brillando con las ideas de todos los trucos que podía crear.

Amanda estaba emocionada porque sería el encargado de diseñar y pintar la casa divertida.

Jaden estaba soñando con un nuevo balón de fútbol y otros equipos deportivos.

Mouse estaba seguro de que su proyecto sería elegido. Estaba tan feliz que casi saltó todo el camino a casa.

Capítulo 4

A la mañana siguiente, Mouse y sus amigos se reunieron fuera de la clase del Sr. Burke.

Llegaron unos veinte minutos antes a la escuela, por lo que el Sr. Burke seguía preparándose para su primera clase.

"¿Estamos seguros de que tenemos todo listo?" preguntó Mouse mirando la información que habían escrito el día anterior.

"Se ve bien", Rebekah asintió y palmeó el hombro de Mouse. "¡Funcionará!"

"Necesita una cosa", dijo Amanda y roció un poco de brillantina sobre el papel.

"¡Amanda!" Max gruñó. "El Sr. Burke no va a ser impresionado con brillantina".

"Nunca se sabe", dijo Amanda con una sonrisa.

"Muy bien, intentémoslo", dijo Jaden mientras inclinaba la cabeza hacia la puerta de la clase que el Sr. Burke acababa de abrir.

"¿Sr. Burke?" Mouse llamó a la puerta antes de que estuviera completamente abierta.

"Mouse", el Sr. Burke sonrió. "Estás aquí temprano, ¿hay algo en que pueda ayudarte?"

"Sí", Mouse le tendió el papel. "Tenemos una idea para la recaudación de fondos".

"¿Ya?" el Sr. Burke preguntó con sorpresa. "Bueno, eso es trabajar rápido, niños", tomó el pedazo de papel y arrugó la nariz cuando unas hojuelas de brillantina le cosquillearon la mano.

"Parece que pusieron un montón de trabajo en esto", dijo con interés mientras miraba la información.

"¿Cree que podría ganar?" Mouse preguntó ansiosamente. El Sr. Burke leyó el papel de nuevo.

Lo miró por un largo tiempo y luego miró a Mouse y a sus amigos, que estaban esperando su respuesta.

"Para ser honesto contigo, Mouse, no lo creo", dijo con el ceño fruncido.

Mouse no esperaba esa respuesta. Pensó que tal vez el Sr. Burke diría que tenía una buena oportunidad. Pensó que tal vez diría que Mouse solo tendría que esperar como todo el mundo.

Pero no esperaba que le dijeran que su idea no tenía ninguna posibilidad.

"¿Pero por qué?" Mouse logró preguntar, aunque sus ojos seguían estando muy abierto.

"Miren, creo que es genial", el Sr. Burke explicó con calma. "Pero estamos buscando algo edificante, inspirador. No una casa embrujada. Eso simplemente será demasiado aterrador".

"Pero no es una casa embrujada", Rebekah insistió con los ojos entrecerrados. "¡Es una casa divertida!"

"Bueno, es casi lo mismo", explicó el Sr. Burke con un encogimiento de hombros. "Escuchen, la única razón por la que digo esto es porque tendrán tiempo para pensar en otra idea. Me encanta cómo todos ustedes trabajaron juntos como un equipo para crear esto. Así que solo trabajen juntos para crear algo un poco diferente".

"Pero es una gran idea", Jaden señaló. "¡Todo el mundo la disfrutaría!"

"Sé que todos ustedes piensan que es genial", dijo pacientemente. "Pero el director y los maestros tienen la última palabra. Estoy seguro de que no van a querer hacer esto. Lo siento", añadió mientras miraba de nuevo a Mouse. "Pero no dejen que los detenga de reunirse y crear otra idea maravillosa".

Mientras el Sr. Burke volvía a entrar al salón de clases, Mouse no podía ocultar su decepción.

Sacudió la cabeza y se volteó de nuevo hacia sus amigos.

"Lo siento, chicos", dijo en voz baja. "Supongo que no era la mejor idea".

"Sí es la mejor idea", dijo Rebekah con confianza. "Todos pensamos es. ¿No es así?" preguntó ella mirando las caras de cada uno de sus amigos. Jaden, Amanda y Max asintieron. Todo el mundo estaba decepcionado de que el Sr. Burke ni siquiera había considerado la idea.

"Gracias", Mouse suspiró. "Solo desearía que el Sr. Burke hubiera entendido. ¡No es una casa embrujada, es una casa divertida!".

"A veces la gente simplemente no tiene una idea hasta que lo ve", Jaden se encogió de hombros y luego levantó la vista cuando la campana sonó. "¡Hasta luego!", gritó y corrió por el pasillo.

Mouse suspiró y se dirigió a su salón de clases, al igual que Jaden, Amanda y Rebekah.

Capítulo 5

Mouse apenas podía prestar atención en sus clases. Seguía mirando hacia abajo al papel lleno de planes para la casa divertida. Estaba seguro de que sería genial. Estaba seguro de que al Sr. Burke le gustaría si tan solo le diera una oportunidad.

Entonces pensó en lo que Jaden había dicho sobre algunas personas que no entendían la idea a menos que la vieran. Chasqueó los dedos en medio de la clase. El maestro le hizo callar.

"Lo siento", murmuró Mouse y se dejó caer en su silla. Ya no estaba decepcionado. Ahora estaba decidido. Iba a asegurarse de que su idea tuviera una oportunidad. Cuando la escuela acabó, se encontró con Rebekah. Estaba sin aliento por haber corrido hacia ella.

"¡Creo que deberíamos hacerlo!" jadeó.

"¿Hacer qué?" Rebekah preguntó con sorpresa. "¿Estás bien?"

"Sí. ¡Creo que deberíamos construir la casa divertida!" dijo rápidamente.

"¿Qué? ¿Por qué?" Rebekah frunció el ceño con confusión. "El Sr. Burke ya dijo que no a la idea".

"Lo hizo, ¡pero eso es porque no entiende nuestra idea!" Mouse explicó mientras caminaba a su lado. "Solo tenemos que mostrárselo. Así que si construimos la casa divertida, entonces él será capaz de verla en persona, ¡y apuesto a que cambiará de parecer!"

"No sé", Rebekah negó con la cabeza lentamente. "Los adultos pueden ser muy tercos".

"Igual que yo", respondió Mouse cruzándose de brazos.

"Bueno, eso es seguro", Rebekah se rio y asintió. "Creo que es una buena idea, Mouse. Incluso si no cambia el parecer del Sr. Burke, igual podemos divertirnos con ella".

"¡Genial!" Mouse aplaudió fuertemente. "Empezaremos esta tarde. Hazme un favor y llama a

Amanda, Max y Jaden por mí. Tengo que convencer a mi mamá de que el patio trasero debe estar fuera de los límites mientras construimos esto".

"Buena suerte", Rebekah sonrió y luego salió corriendo hacia su casa.

Capítulo 6

Cuando Mouse entró por la puerta, su madre estaba leyendo una revista mientras lo esperaba.

"¡Mouse!", dijo ella felizmente cuando él entró. "¿Cómo te fue?" sonrió. Mouse le había mostrado los planes que él y sus amigos habían ideado porque estaba muy orgulloso de su idea.

"No muy bien", Mouse admitió con un suspiro.

"¿Por qué no?" preguntó su madre mientras se ponía de pie y se acercaba a él.

"No creo que el Sr. Burke entienda lo que estamos tratando de hacer", explicó Mouse dejando caer su mochila. "Pero esperábamos construirla de todos modos. Entonces, ¿está bien que usemos el patio trasero por un par de semanas?"

"¿Cómo lo planean utilizar exactamente?" su madre le preguntó con suspicacia. Se había acostumbrado a algunas de las bromas de Mouse, y no siempre acababan bien.

"Solo para construir la casa divertida", Mouse explicó rápidamente. "No queremos que nadie la vea hasta que esté lista".

"Está bien, siempre y cuando te comprometas a tener cuidado", su madre lo abrazó suavemente.

"Lamento que tu idea no fuera elegida", añadió.

"Todavía hay tiempo para cambiar la decisión del Sr. Burke", dijo Mouse con determinación.

Estaba seguro de que si alguien podía lograr esto, eran sus amigos y él. Después de una hora, todo el club estaba fuera en su patio trasero, vibrando de emoción.

"¡No puedo creer que todavía vayamos a construirlo!", dijo Amanda felizmente.

"Es una gran idea", Max aceptó y le sonrió a Mouse.

"Piénsenlo de este modo", Jaden sugirió. "Incluso si no cambiamos el parecer del Sr. Burke, podríamos tener nuestra propia recaudación de fondos y donar el dinero a la escuela".

"Esa es una idea fantástica", Rebekah asintió y chocó los cinco con Jaden. "¡Hagamos esto!", aplaudió ella. Los otros niños también lo hicieron, todos menos Mouse, quien ya estaba limpiando su espacio de trabajo. Estaba tan decidido que no quería tomarse el tiempo para celebrar.

Capítulo 7

El patio trasero de Mouse se convirtió en una zona de construcción. Los miembros del club secreto entraban y salían del patio con los suministros que fueron capaces de encontrar.

Amanda recogió un poco de papel reflectante de sus materiales de arte. También encontró un poco de cinta con extraños puntos difusos extraños en ella.

Jaden fue capaz de conseguir unas tablas y otros trastos del taller de su padre.

Max había comprado pintura muy brillante de colores y tenía una botella del brillo casero de su padre en la fórmula oscura.

Rebekah tenía varias lupas de diferente tamaño y también tenía un dispositivo de ruido que hacía sonidos muy fuertes y muy diferentes.

Mouse tenía todas las herramientas de martillos y clavos a papel de lija para suavizar los bordes de la madera.

El grupo se reunió todos los días después de la escuela para construir juntos la casa divertida.

Mouse sabía que el director igual podía no estar de acuerdo en utilizarla para la recaudación de fondos, pero estaban divirtiéndose tanto construyéndola juntos que a nadie parecía importarle.

Tardaron casi dos semanas para construirla, pero cuando se estaban dando los toques finales a la casa divertida, todo el mundo estaba orgulloso de su trabajo.

"Se ve fantástica", Mouse dijo mientras daba un paso atrás para mirarla. El exterior estaba pintado con cegadores tonos amarillos y naranjas. Había dos ventanas falsas en la parte frontal con ojos que parecían estar mirando hacia fuera.

Incluso Amanda había dibujado un payaso en zancos en el frente de la casa divertida. Había un molino de viento de color arco iris en el techo de la casa. Cuando el viento lo hacía girar, hacía ruidosos sonidos de silbido. Era realmente genial.

Capítulo 8

Para celebrar, la madre de Mouse les ordenó pizza a todos. Mientras Mouse y sus amigos comían pedazos con queso extra, sonreían sin parar. Pero Mouse aún estaba un poco preocupado.

La casa divertida estaba lista y se veía genial, ¿pero el Sr. Burke pensaría eso? ¿Y cómo harían que el Sr. Burke la viera? Cuando terminaron su pizza y todos estaban a punto de volver a casa, Mouse los acompañó hasta la puerta.

"Escuchen, chicos, la primera fase se ha completado. Pero tenemos que encontrar una manera de conseguir que el Sr. Burke, el director y el mayor número de maestros posible vengan para ver la casa divertida", señaló.

"Podríamos simplemente transportarla a la escuela de alguna manera", Jaden sugirió.

"No", Mouse negó con la cabeza. "Si nos metemos en problemas, podrían quedarse con la casa divertida. No quiero correr ese riesgo".

"Yo tampoco", Amanda accedió. Max se quedó pensativo frotándose la barbilla.

"Bueno, siempre podemos pretender que tendremos una reunión de algún tipo", dijo lentamente.

"Claro", Rebekah asintió. "¡Podríamos decirles que tendremos una parrillada!", dijo con un aplauso. "En honor a todo su trabajo duro. ¡Entonces cuando lleguen aquí, no hay una parrillada, sino una casa divertida!"

"¡Genial!" Mouse se rio.

"Pero podrían enojarse", Jaden señaló nerviosamente.

"Y tener hambre", añadió Amanda con el ceño fruncido.

"Bueno, entonces nos aseguraremos de que en realidad tengamos una parrillada", dijo la madre de Mouse con una sonrisa mientras caminaba detrás del grupo de niños. "No es una buena idea mentirle a sus maestros, chicos, pero si realmente organizamos una parrillada y simplemente también hay una casa divertida, entonces funcionaría, ¿no es así?", ella sonrió.

Rebekah miró a la madre de Mouse con una enorme sonrisa. "¡Ya veo de dónde lo sacas, Mouse!"

Mouse rio y asintió con la cabeza. "¡Creo que esto va a funcionar!"

"Sé que lo hará", Rebekah prometió.

Esa noche, cuando Mouse se acostó a dormir, apenas podía mantener los ojos cerrados. Estaba muy emocionado de mostrar la casa divertida, y confiaba en que sería elegido como el ganador de la competencia.

Capítulo 9

Cuando Mouse llegó a la escuela al día siguiente, algo de su entusiasmo se había desvanecido.

Le preocupaba que el Sr. Burke y los demás maestros no estarían de acuerdo en ir a su casa. Se preguntó qué haría si decía que no.

Como si supiera que algo estaba mal, una nariz rosa sobresalió del bolsillo de Mouse. Él le sonrió a su mascota. Tenía la nariz más rosa de todos sus ratones, por lo que su nombre era Bozo.

Siempre tenía una manera de animar a Mouse cuando se sentía mal. Él le dio una palmadita en la parte superior de la cabeza y luego lo metió en el bolsillo.

"Tienes razón, Bozo", dijo mientras se dirigía a su casillero. "Solo tenemos que esperar que funcione".

Cuando llegó a su casillero y estaba tratando de abrirlo, alguien se acercó por detrás y le gritó:

"¡Sorpresa!"

Mouse jadeó y saltó mientras se daba la vuelta para encontrar a Amanda de pie detrás de él con una enorme sonrisa.

"¡Guau! ¡Me asustaste!", se rio y negó con la cabeza.

"Mira lo que hice", dijo Amanda sosteniendo una pila de sobres.

"¿Qué es esto?" Mouse preguntó mientras los miraba. Cada uno tenía el nombre de un maestro diferente.

"Son invitaciones", explicó. "Para entregar a los maestros. Pensé que podría hacerlos más propensos a ir".

"¡Excelente!" Mouse asintió mientras sacudía los sobres un poco. Podía oír algo que se movía en el interior. "Déjame adivinar, ¿brillantina?" preguntó.

"Bueno, no serían invitaciones sin brillantina, ¿o sí?" Amanda se rio y corrió a su clase.

"¡Gracias, Amanda!" Mouse gritó. Él les llevó tantas invitaciones a los maestros como pudo antes de su primera clase. Entonces, entre cada clase, llevó otras más.

Cuando llegó a la clase del Sr. Burke, solo tenía su invitación y la del director.

"Hola, Sr. Burke", dijo Mouse mientras caminaba.

"Hola, Mouse", sonrió. "Espero que no estés muy molesto conmigo".

"No, no lo estoy", le prometió Mouse. "Tome", le entregó una de las invitaciones. "Mis amigos y yo estamos organizando una parrillada en honor a los maestros este sábado. Nos gustaría que estuviera allí".

"¡Qué amable!" dijo el Sr. Burke con una sonrisa. "Cuenta conmigo", agregó al tiempo que abría el sobre. Desafortunadamente, lo abrió al revés y terminó con un montón de brillantina en su libro de calificaciones.

"Amanda", suspiró y negó con la cabeza.

"Amanda", Mouse asintió con una breve carcajada mientras se dirigía a su escritorio.

Capítulo 10

El día de la parrillada, Mouse estaba nervioso. Él y sus amigos habían revisado la casa divertida para asegurarse de que todo estaba en orden.

Algunos de los maestros que habían invitado dijeron que venían, pero no había manera de saber con seguridad. El clima se veía hermoso y la madre de Mouse había comprado todo lo que necesitaban para la parrillada.

Rebekah y Amanda estaban ayudándola a sacar toda la comida, mientras que Jaden estaba
llenando una nevera portátil con hielo y Max estaba trayendo la carne desde el interior de la casa para cocinarla. Sería un gran día, incluso si todos los maestros se negaban a entrar a la casa divertida.

Sin embargo, Mouse no podía evitar sentirse nervioso. Bozo también estaba nervioso y se movía en el interior del bolsillo de Mouse.

"No te preocupes", le dijo Rebekah cuando pasó por su lado por lo que parecía la centésima vez. "¡Será genial!"

Mouse asintió, pero apenas pudo sonreír. Su estómago se revolvía, su corazón estaba acelerado y Bozo hacía volteretas en el interior de su bolsillo. Cuando el Sr. Burke llegó, Mouse dio un suspiro de alivio. Llevó al Sr. Burke al patio de atrás.

"Qué bonito hogar tienes", dijo el Sr. Burke educadamente y colocó la bolsa de papitas que había traído para la fiesta. "Esto es tan amable de tu parte y de tus amigos…" se detuvo en la mitad de su oración y miró la casa divertida que estaba justo frente a él. La casa divertida con un gran payaso pintado en el frente.

"¿Q-qué es eso?" le preguntó con nerviosismo.

"Oh, decidimos hacer la casa divertida después de todo", Mouse explicó rápidamente. "¿Le gustaría echar un vistazo?" preguntó esperanzado.

"¡No, no, no me gustaría!" el Sr. Burke retrocedió tan rápido que casi chocó con otros dos maestros que acababan de llegar.

"Oh, diantres", la Sra. Sonya suspiró cuando vio al payaso pintado en el exterior de la casa divertida. "El Sr. Burke le tiene un poco de miedo a los payasos", le explicó a Mouse en un susurro.

"No les tengo miedo", dijo el Sr. Burke severamente. "¡Pero prefiero no estar cerca de esas grandes narices rojas!" chilló y corrió hacia la mesa.

"Oh no", Mouse gimió cuando se unió a sus amigos. "¡El Sr. Burke no entrará a la casa divertida si le tiene miedo a los payasos!"

"Bueno, solo tenemos que demostrarle que no son tan aterradores", Rebekah sugirió con una sonrisa.

"¿Cómo vamos a hacer eso?" Mouse preguntó y negó con la cabeza. "No creo que esto vaya a funcionar".

"Sí lo hará", dijo Max con firmeza. "¡Sé exactamente cómo podemos hacerlo! ¡Vuelvo en un flash!" gritó mientras corría fuera del patio trasero de Mouse.

Capítulo 11

Pronto, el resto de los profesores ya habían llegado. Nadie parecía interesado en entrar a la casa divertida.

Mouse miró su reloj y se preguntó lo que Max podría estar haciendo, ya que se había ido por mucho tiempo. Entonces, se dio cuenta de algo muy extraño. Un payaso muy alto estaba caminando hacia su patio trasero. Era un payaso con zancos, igual al que la que habían pintado en la parte delantera de la casa divertida.

"¡Hola a todos!" el payaso gritó, con la voz de Max.

"¿Max?" Rebekah se quedó sin aliento mientras miraba hacia arriba en el payaso.

"¡Payaso!" el Sr. Burke gritó y saltó de la mesa. Echó a correr hacia la casa, pero Max caminó al frente de la casa. Así que el Sr. Burke corrió para otro lado.

Algunos otros maestros corrieron tras él para tratar de calmarlo. El Sr. Burke estaba en tal estado de pánico para alejarse del payaso que corrió directamente a la casa divertida. Mouse corrió tras él, tratando de no reírse demasiado fuerte.

Tan pronto como el Sr. Burke entró en la casa, el molino de viento en el techo empezó a silbar.
Las paredes brillaban con formas extrañas gracias a la luz en la pintura oscura.

El suelo se estremeció y retumbó gracias a las láminas de metal que habían puesto debajo de ella. El Sr. Burke se apresuró por el pasillo que conducía a la siguiente sección de la casa divertida.

Aquí había tres máquinas de burbujas. Tan pronto como entró, todas empezaron a disparar burbujas hasta que la habitación estaba llena de ellas. El Sr. Burke y los otros dos maestros con él estaban cubiertos de burbujas.

"¡Uf!" dijo uno de los maestros.

"¡Me encantan las burbujas!" dijo otro maestro y comenzó a tratar de coger algunas.

"¡Payaso!" el Sr. Burke dijo y salió corriendo de la habitación. Con sus ropas y piel cubiertas de burbujas, la habitación contigua seguro les haría cosquillas, porque tenía cuatro ventiladores que soplaban plumas al aire. Las plumas se pegaban a su piel y su ropa debido a las burbujas.

Los dos maestros con el Sr. Burke tuvieron que reírse de esto. Mouse estaba luchando para alcanzarlos, ya que el Sr. Burke se movía a través de la casa divertida con mucha rapidez.

Cuando entró en la siguiente sección de la casa divertida, las luces parpadearon y brillaron. Extraños sonidos llenaron el ambiente, de rugidos de tigres a balidos de ovejas.

El Sr. Burke daba vueltas al escuchar cada sonido. Casi se cayó sobre uno de los otros maestros. Mientras Mouse se lanzaba para ayudarlo a mantener el equilibrio, Bozo se deslizó fuera de su bolsillo. Mouse no se dio cuenta de que su mascota corría hacia la siguiente habitación.

Cuando el Sr. Burke recobró el equilibrio, se apresuró a la habitación contigua. Esta era la sala de los espejos. Habían combinado el papel reflectante con las lupas de Rebekah, haciendo que los espejos reflejaran algunas extrañas y divertidas imágenes. El Sr. Burke estaba en medio de la habitación, cuando de repente se detuvo en seco.

Capítulo 12

"¿Qué es eso?" se quedó sin aliento mirando el papel reflectante.
Los dos maestros detrás de él patinaron hasta detenerse.

"¡Ratón!", uno de los maestros gritó.

"¡Payaso!" gritó el Sr. Burke.

"¡Bozo!" gritó Mouse cuando vio la enorme nariz rosa reflejada en
toda la habitación. Mientras los maestros salían de la última habitación
y Mouse luchaba para coger Bozo, toda la casa divertida empezó a
temblar.

Los empujones y las alteraciones eran demasiado para la endeble
estructura, que comenzaba a tambalearse. Mouse cogió a Bozo y salió
corriendo de la casa divertida justo antes de que comenzara a
derrumbarse.

"¡Oh, no!" Rebekah gritó. Todos los amigos de Mouse se
reunieron en torno a él mientras la estructura en la que habían
trabajado tan duro empezó a desmoronarse.

"Lo siento mucho, Mouse", dijo Amanda suavemente. Mouse
escondió a Bozo en su bolsillo.

Trató de ocultar lo triste que estaba. Lo que era peor, estaba
seguro de que el Sr. Burke estaría furioso. Max había bajado de sus
zancos y se había quitado el pelo grande y la nariz roja.

El Sr. Burke estaba apoyado en la mesa de picnic sin aliento. Mouse pensó que era porque estaba muy asustado o tal vez porque estaba muy enojado, pero mientras se acercaba al Sr. Burke, descubrió que era porque se reía tan fuerte que no podía hacer un sonido.

"¿Sr. Burke?" preguntó Mouse nerviosamente.

"¡Eso fue, por mucho, la cosa más divertida que he visto en mucho tiempo!" dijo mientras se reía. Señaló a los otros dos maestros que estaban sacando plumas de su ropa. "Tenías razón, Mouse. ¡Tu casa divertida es perfecta para la recaudación de fondos!"

Mouse se sorprendió. "Pero pensé que le tenía miedo a los payasos", dijo.

"A veces hace falta enfrentar su miedo para darse cuenta de lo tonto que es", dijo el Sr. Burke mientras seguía riéndose. "Ustedes cinco han ganado el concurso. Pueden utilizar su tarjeta de regalo para reconstruir la casa divertida. ¡Será el mejor evento para recaudar fondos de la historia!"

Mouse y sus amigos vitorearon. Max trató de abrazar el Sr. Burke, pero retrocedió rápidamente.

"Está bien, los payasos pueden ser divertidos, ¡pero no muy de cerca!", dijo con un chillido, lo que hizo que todo el mundo en la parrillada se riera.

El Club Secreto de Mouse #7

¡Es un Pájaro!

PJ Ryan

El Club Secreto de Mouse

#7: ¡Es un Pájaro!

Capítulo 1

Mouse miró el gran paquete de color marrón en su sala de estar y se frotó las manos. Estaba muy emocionado. Su abuelo le había enviado un regalo especial.

Su abuelo tendía a olvidar los cumpleaños y días de fiesta porque siempre estaba de viaje. Pero a Mouse nunca le importaba porque cuando su abuelo enviaba un regalo sin ninguna razón en absoluto, siempre era el mejor regalo que jamás había recibido.

Estaba tan emocionado por ello que casi no quería abrirlo. Había estado mirando la caja desde que llegó a casa de la escuela. Se estaba acercando la hora de la cena y decidió que estaba listo para abrirlo.

Cuando arrancó la cinta, tuvo cuidado. Le gustaba guardar las cajas que enviaba su abuelo porque, por lo general, tenían unos interesantes matasellos y sellos en ellas.

Al abrir la caja, contuvo el aliento preguntándose cuál sería su interior. Apartó un plástico de burbujas y encontró dos ojos feroces mirándolo. Saltó un poco, ya que se veían muy reales, vidriosos y oscuros.

Le tomó un momento darse cuenta de que estaban unidos a un material de color azul oscuro.

Con cuidado, levantó el regalo de la caja. No fue hasta que lo tenía fuera que se dio cuenta de lo que era.

Era una cometa, pero no se veía para nada como una cometa. De hecho, parecía un animal. Los ojos estaban levantados y hechos de un plástico muy ligero. La cometa tenía alas que se movían por separado del resto del cuerpo de la cometa. Mouse estaba seguro de que se verían como si estuvieran aleteando cuando la cometa volara por el aire.

No se parecía a ninguna cometa que hubiera visto antes.

"¿Mouse, lo envió el abuelo?" su madre preguntó desde la cocina mientras terminaba la cena para llevarla a la mesa.

"Uh, solo fueron unos libros esta vez", Mouse contestó. No estaba seguro de por qué, pero quería mantener su regalo en secreto.

Su mente ya estaba dando vueltas con una broma que podía jugar con ella. Él la colocó cuidadosamente en la caja y se lo llevó rápidamente a su habitación. Una vez allí, encontró la nota que su abuelo había guardado en la caja.

"En la pequeña villa donde me estoy quedando, hacer cometas es un pasatiempo favorito. Le pregunté a uno de mis amigos que hiciera esta para ti. Espero que te guste. ¡Siento que no pudiera hacer un ratón!"

Mouse sonrió con la nota y por la idea de una cometa en forma de ratón. Eso sería una cometa bastante interesante. Se aseguró de que la puerta de su habitación estuviera cerrada con llave y luego sacó la cometa de nuevo.

La puso sobre su cama. Era grande y muy realista. Por supuesto, cualquiera mirándola sabría que era una cometa, pero con unos cuantos retoques y algunos efectos de sonido, Mouse estaba seguro de que su idea funcionaría.

Primero le preguntaría a sus amigos, todos miembros de su club secreto, para asegurarse de que pensaran lo mismo. Guardó la cometa de nuevo y comenzó a hacer llamadas para organizar una reunión del club después de la escuela al día siguiente.

Mouse y sus amigos tenían un club especial que ingeniaba las mejores bromas de la historia. Se reunían en una casa de árbol que encontraron en el bosque a las afueras del parque. Mouse estaba seguro de que sus amigos también iban a amar la idea.

Capítulo 2

Cuando Mouse se reunió con sus amigos en la casa del árbol todos estaban curiosos sobre cuál podría ser su nuevo plan. Mouse tenía su nueva cometa escondida bajo una sábana mientras subía a la casa del árbol. La puso sobre la mesa en el centro de la casa del árbol.

"¿Qué es eso?" Rebekah preguntó tratando de mirar debajo de la sábana.

"Es lo que vamos a usar para hacer que todo el pueblo crea que hay un nuevo pájaro volando por ahí", Mouse rio mientras sacaba la sábana para revelar la cometa.

"Guau, eso es increíble", dijo Amanda moviendo una de las alas con cuidado.

"¿Ya la has volado?" Jaden preguntó.

"¡Mira esos ojos!" Max exclamó mientras miraba los ojos vidriosos.

"No la he volado todavía", Mouse admitió. "Mi abuelo me la envió del país que está explorando en este momento. Creo que es genial, pero me hizo darme cuenta que podía jugarle una gran broma al pueblo".

"¿Qué broma vamos a jugar?" preguntó Rebekah, sus ojos brillando por la idea.

"Bueno, con las alas y los ojos que tiene, creo que podría ser confundido con un pájaro de verdad", explicó Mouse mientras se sentaba delante de la cometa.

"Eso es verdad", Max asintió mientras entrecerraba los ojos. "Pero la gente solo lo confundirá con un pájaro cuando lo vean por primera vez. Una vez que lo vean más de cerca, sabrán que es una cometa".

"Tienes razón", Mouse estuvo de acuerdo. "A menos que hagamos que se vea aún más como un pájaro", sonrió.

"¿Cómo vamos a hacer eso?" preguntó Jaden.

"¡Oh, yo sé cómo hacerlo!" Amanda aplaudió. "Podríamos añadir plumas. Son lo suficientemente ligeras para que el cometa todavía pueda volar, pero haremos que la cometa parezca más un pájaro".

"Exactamente", Mouse sonrió. "Y si añadimos algunos efectos de sonido para que suene como si el ave estuviera cantando, entonces realmente engañaremos a todos".

"Realmente vamos a necesitar tus talentos en esto, Amanda", dijo Mouse mirándola. Amanda no podía dejar de sonreír.

"Traeré todos mis materiales de arte", dijo alegremente. "Ya lo imagino en mi cabeza. Esto parecerá un pájaro de verdad".

"Un pájaro gigante", Jaden señaló con una sonrisa. "Apuesto a que alguien pensará que es prehistórico".

"Será genial", Rebekah asintió mientras miraba a Max. "¿Crees que podemos trabajar juntos para crear algunos sonidos de pájaro real?"

"Claro", Max asintió. "Tengo un nuevo programa de computador que me permite trabajar con todo tipo de sonidos y cambiarlos. Puedes venir mañana después de la escuela para que trabajemos en ello", sugirió.

"Es un plan", Rebekah sonrió.

"Bueno, entonces Amanda, Jaden y yo nos reuniremos en la casa del árbol mañana para trabajar en el ave, mientras tú y Max trabajan en los efectos de sonido", Mouse sonrió.
"Enloqueceremos a todo el pueblo con esto".

Capítulo 3

Rebekah y Max se sentaron al escritorio de su computadora en su habitación. Su habitación estaba llena de cosas científicas. Había planetas colgando del techo y un juego de química organizado en su otro escritorio.

Sus estantes estaban repletos de todo tipo de libros. Tenía todos los últimos dispositivos y realmente sabía cómo usarlos, que era más de lo que Rebekah podía averiguar. En sus paredes había carteles con diferentes constelaciones y otros con animales en peligro de extinción.

Max ya había abierto el programa que les ayudaría a crear un nuevo sonido para el ave. Estaban probando diferentes sonidos cuando el padre de Max asomó la cabeza en la habitación.

"¿Qué están haciendo?" preguntó con una sonrisa escuchando los extraños sonidos desde el pasillo.

"Solo es un proyecto para la escuela, papá", explicó Max. El padre de Max era un científico, y él y Max siempre estaban trabajando juntos en proyectos.

"Bueno, díganme si necesitan ayuda", dijo alegremente antes de irse.

"Tu papá es agradable", dijo Rebekah con una sonrisa.

"Lo es", Max estuvo de acuerdo. "Pero si se entera de lo que estábamos haciendo, no creo que estaría muy contento. Él no entiende por qué las bromas son divertidas".

"¿En serio?" Rebekah preguntó con sorpresa.

"Sí, no lo comprende", Max rio. "Una vez le di la mano con un zumbador y pasó una hora explicándome cómo funcionaba el zumbador, en vez de solo reírse".

"Guau", Rebekah se rio. "Mejor esperemos que no se entere, entonces".

"Absolutamente", Max sonrió y luego pulsó la tecla Reproducir al sonido que habían creado.

Sonaba como una mezcla entre el graznido de un cuervo y el canto de un pájaro cantarín. Era extraño, fuerte y perfecto.

"¡Espera a que Mouse escuche esto!" Rebekah dijo alegremente.

Trabajaron en el sonido un poco más para que tuviera ruidos de fondo, como el sonido del viento y los árboles susurrantes. Luego, lo guardaron en un viejo reproductor de MP3 que Max tenía.

"Esto no será muy pesado para ponerlo en la cometa", dijo mientras probaba el peso en su mano. "Y podemos ajustar el sonido para repetirse".

Capítulo 4

Mientras tanto, en la casa del árbol, Mouse, Jaden y Amanda estaban subiendo todos los suministros de Amanda por la escalera de cuerda.

"¿Realmente necesitas todo esto?" preguntó Jaden con una rabieta mientras dejaba una caja de pinturas dentro de la casa del árbol.

"Bueno, una artista nunca está segura de lo que va a utilizar hasta que se pone a trabajar",
Amanda explicó con una sonrisa.

"Pues puedo decirte que es bastante trabajo subir todos estos suministros", señaló Jaden y se dejó caer en una silla. La cometa estaba extendida en la mesa y Mouse estaba mirándola muy de cerca.

"Para que esto funcione tendremos que llenar el cuerpo del ave un poco más, para lo que no se vea tan plano", dijo el Mouse pensativo.

"Bueno, por suerte para ti, he traído bolas de algodón", dijo Amanda alegremente y le mostró la bolsa de algodón. "Creo que funcionará para rellenar el ave y será lo suficientemente ligero para que el pájaro todavía pueda volar".

"Entonces, ¿qué clase de plumas vamos a usar?" Jaden preguntó mientras miraba la bolsa grande de plástico repleta de plumas que Amanda había traído.

"Bueno, ya que la cometa es de un color oscuro, estaba pensando en usar plumas oscuras", explicó Amanda. "¿Qué tal un pájaro azul?" sugirió.

"Azul suena muy bien", Mouse asintió y luego miró a Amanda. "¡Pero sin brillantina!"

"Las alas de algunos pájaros son tan brillantes que parecen tener…" Amanda comenzó a protestar.

"De ninguna manera", Jaden sacudió la cabeza. "Mouse tiene razón. Queremos que el ave se vea real y si le ponemos brillantina, la gente descubrirá que es falsa de inmediato".

"Bien, bien", Amanda suspiró y guardó el brillo. Mouse y Jaden trabajaron juntos para meter y pegar bolas de algodón en la cometa para que se veía más realista. Cuando terminaron, el ave se veía bastante bien.

"Muy bien, Amanda", dijo Mouse mirando su clasificación de suministros. "¿Puede convertirse esta cometa en un pájaro de verdad?" preguntó.

"¡Por supuesto!" respondió ella con confianza. Luego, sacó su pega y comenzó a hacer puntos cuidadosos a lo largo de la superficie de la cometa. Colocó plumas de color azul oscuro en cada punto, para que se superpusieran. Se aseguró de que algunas de las plumas cubrieran el pliegue de las alas. El momento en que terminó de pegar las plumas, la cometa realmente se veía y se sentía como un pájaro.

"Guau", Mouse negó con la cabeza. "¡Es mejor de lo que pensé!"

"Podría ser brillante", Amanda les recordó mientras tapaba su pega.

"Nada de brillo", Jaden y Mouse dijeron, luego los tres se rieron.

"¡Guau, eso se ve real!" dijo Max cuando subió a la casa del árbol. Rebekah iba justo detrás de él.

"Hicieron un gran trabajo", dijo mientras admiraba la cometa que ahora parecía un pájaro.

"Escuchen esto", Max sonrió con orgullo y reprodujo el sonido que Rebekah y él habían creado.

"¡Guau!" Jaden sonrió. "Eso es espeluznante".

"Y fuerte", Amanda gimió y se tapó los oídos.

"Es perfecto", dijo Mouse con confianza. "Ahora solo tenemos que esperar que nuestro pequeño pájaro vuele. Debemos probarla de noche", agregó. "De esa manera, nadie la verá hasta que esté lista".

"¿Mañana por la noche?" Rebekah sugirió. "Podemos probarla en el campo abierto por los columpios".

"Mañana por la noche", Mouse estuvo de acuerdo.

Capítulo 5

Ir a la escuela el día siguiente fue muy difícil para Mouse. Él no creía que sería capaz de esperar hasta que el sol se pusiera para probar la cometa. La había revisado esa mañana para encontrar que las plumas estaban secas. Se parecía mucho a una verdadera ave muy grande.

Estaba emocionado de ver lo bien que volaría en el cielo. ¿Parecería real desde la tierra? ¿El sonido le daría vida?

Apenas podía concentrarse en su clase, pero igual hacía todo lo posible.

Después de la escuela, se dirigió a casa de Rebekah para discutir los planes para su reunión de esa noche.

Antes de irse, cogió uno de sus ratones favoritos, Wilbur. Él había sido una de las mascotas de Mouse desde hace bastante tiempo. Mouse, como ratón en inglés, consiguió su apodo por todos los ratones mascota que tenía. Casi siempre llevaba uno o más de paseo en su bolsillo. Sin embargo, por lo general no era Wilbur.

Wilbur se movía mucho y no le gustaba quedarse quieto por mucho tiempo. Pero desde hace mucho tiempo no salía de la casa y Mouse pensó que podría necesitar un poco de aire fresco.

Aún así, en camino a la casa de Rebekah, tuvo que meter Wilbur en el bolsillo tres veces para evitar que se saliera. Finalmente, arrojó unos trozos de queso en el bolsillo para mantener a Wilbur ocupado.

Rebekah lo esperaba cuando llegó a la entrada de la casa.

"¡Desearía que fuera de noche ahora mismo!" Rebekah gruñó mientras mantenía abierta la puerta para él.

"Yo también", Mouse admitió. "Asegurémonos de que tenemos todo lo que necesitamos para esta noche y, con suerte, el tiempo pasará rápidamente".

A medida que repasaban la lista de artículos, los otros amigos de Mouse comenzaron a llegar.

Todo el mundo estaba inquieto y ansioso por salir al campo.

"Bueno, nos encontraremos allá justo después de la cena", dijo Mouse con severidad. "No

lleguen tarde, porque tenemos que estar de vuelta en casa antes de nuestra hora de llegada. Así que solo tendremos una hora para probar esto".

Todo el mundo estuvo de acuerdo en estar allí, y a tiempo.

Capítulo 6

Mouse devoró su cena, apenas respiraba entre cada bocado. Sus padres lo miraban de forma extraña.

"Mouse, ¿estás bien?" preguntó su madre mientras lo veía engullir otro bocado de comida.

"Mmm, está tan bueno", murmuró entre sus bocados de comida.

"Es pastel de carne", su madre señaló con una ceja levantada. El pastel de carne no era una de las comidas favoritas de Mouse.

"Tengo hambre, supongo", Mouse se encogió de hombros limpiándose la boca con una servilleta. "¿Pueden disculparme?" preguntó.

"Supongo", su madre asintió.

"¿Saldrás?" preguntó su padre mientras Mouse cogía su chaqueta.

"Sí, ¡no estaré fuera mucho tiempo!" Mouse dijo por encima del hombro.

"¿Qué podría estar tramando para tener tanta prisa?" preguntó su padre.

"A veces, querido, es mejor no saber", la madre de Mouse sonrió.

Cuando Mouse llegó al claro, sus amigos ya estaban allí. Jaden y Max ya habían bajado la cometa de la casa del árbol y la habían sentado en la hierba. Mouse se sorprendió al verla.

Realmente parecía un pájaro.

"Guau, no puedo esperar para verla en el cielo", dijo alegremente.

Estaba muy oscuro, pero había un montón de estrellas en el cielo. Mouse puso la cometa en medio del claro con mucho cuidado.

"Traje un poco de cordel para pesca que será invisible", Mouse explicó mientras le entregaba a

Jaden el rollo. Jaden lo ató a la cometa y luego extendió el cordel lo suficiente para dar a Mouse un buen comienzo para correr.

Amanda estaba de pie con pega y plumas, en caso de que alguna se cayera durante el vuelo.

Rebekah tenía una cámara para filmar todo el vuelo. Pensó que podrían utilizar el video para saber si el vuelo parecía de un pájaro real.

Max estaba revisando el volumen del reproductor de MP3. Se aseguró de que fuera lo suficientemente fuerte para ser escuchado. Luego, lo deslizó dentro de la cometa. Una vez que estuvo seguro de que estaba asegurado en el interior, encendió el sonido. Había dejado un pequeño retraso en el inicio del bucle para que la cometa tuviera tiempo de entrar en el aire.

Mouse miró la cometa una vez más, luego sonrió con un gesto.

"Creo que está lista", dijo con orgullo. Todos sus amigos se pararon juntos mientras él empezaba a correr por el campo hacia el otro lado.

Una vez que el cometa se levantó en el aire, la mantuvo estable. Rebekah corrió hacia él y tomó el extremo del cordel para pesca. Lo ató alrededor del pequeño coche a control remoto. Se aseguró de que el cordel estuviera bien amarrado.

Entonces, le asintió a Mouse. Él soltó de la línea, y la cometa siguió flotando en el aire. Jaden tenía el mando a distancia y comenzó a conducir el coche a través del campo. Mientras lo hacía, la cometa voló por el cielo.

El cordel para pesca era invisible, por lo que realmente parecía un pájaro que volaba por el aire.

Sus alas se agitaban. Sus plumas se agitaban. Pronto, estaba dejando salir su grito único.

"¡Funciona!" Mouse saltó de arriba abajo y lanzó un puñetazo de celebración en el aire.

"Se ve tan real", Amanda quedaba sin aliento mientras el pájaro volaba con el viento.

"Engañaremos a todo el mundo", dijo Max con una sonrisa. Jaden condujo el coche de vuelta hacia ellos.

"Bajémosla antes de que se queda atascado en un árbol", él se rio.

Mouse tiró de ella con cuidado hacia abajo para que aterrizara suavemente. Mientras guardaban el coche a control remoto y cubrían la cometa de nuevo con una sábana, todos estaban muy emocionados por el día siguiente.

Capítulo 7

La mañana siguiente, cuando Mouse se despertó y corrió a la cocina para el desayuno, su mamá estaba viendo las noticia.

"¿Entonces qué era eso en el cielo?" el periodista estaba preguntando. Mouse apenas se dio cuenta hasta que escuchó al reportero hablar de un pájaro.

"Estamos bastante seguros de que era un pájaro", un experto explicó. "Pero a partir de su tamaño, su color y los llamados que hace, no estamos seguros de qué tipo de pájaro".

"Interesante", dijo el periodista. "¿Cree que es algo de lo que nuestros ciudadanos locales deberían estar preocupados?" preguntó.

Mouse miró la pantalla, con su boca llena de huevo mientras la abría.

"No por el momento", el experto respondió y miró a la cámara. "Pero si se trata de una nueva especie, como sospechamos, entonces tenemos que saber qué es y cómo llegó aquí".

"Iugh, Mouse, ¡cierra tu boca!" su madre se quejó cuando se dio la vuelta y lo vio con la boca abierta. "Es interesante lo del extraño pájaro, ¿no?" preguntó ella.

Mouse había querido sorprender a la gente del pueblo, pero ciertamente no esperaba que se convirtiera en una noticia de última hora. ¿Podrían realmente estar hablando de su pájaro?

"Interesante", Mouse asintió y luego cerró la boca.

Capítulo 8

Cuando llegó a la escuela, todos los niños estaban hablando del extraño pájaro que había sido descubierto. Había un montón de teorías en cuanto a lo que podría ser. Mouse notó a Max caminando cabizbajo a la escuela.

"¿Qué pasa, Max?" preguntó Mouse cuando se acercó a él. "¿No has visto las noticias?" Mouse sonrió con orgullo.

"Sí, las vi", respondió Max y frunció el ceño. "Al igual que mi papá. Ahora está llamando a todos sus amigos científico. Quiere ver si pueden atraparlo para estudiarlo".

"Oh, no", Mouse frunció el ceño. "No te preocupes, todo se descubrirá", le prometió a Max.

"Eso espero", dijo Max con un suspiro. "No quiero que mi papá piense que estaba tratando de engañarlo".

"No te preocupes por eso", dijo Mouse y le palmeó el hombro. "Nos aseguraremos de que la cometa esté guardada y todo el mundo se olvidará del aves".

Pero al final de la jornada escolar, había habido aún más noticias al respecto. Algunas personas en el pueblo habían tomado fotografías y grabado videos del vuelo de la cometa. Todos los videos y fotos se habían presentado a las estaciones de noticias.

Se hablaba bastante de que el pueblo se convertiría en un área protegida, si se encontraba la nueva especie de pájaro.

Mouse sabía que las cosas estaban fuera de control y solo esperaba que unos pocos días sin volar la cometa harían que las personas perdieran el interés.

Capítulo 9

Se apresuró al parque después de la escuela y se subió a la casa del árbol para buscar la cometa, pero cuando miró dentro, ¡la cometa se había ido!

"¡Oh, no!" Mouse gritó.

"¿Qué pasa?" dijo Rebekah desde debajo de la casa del árbol. Ella, Jaden y Amanda estaban mirando hacia él. Habían oído hablar de las noticias y querían asegurarse de que la cometa estuviera a salvo y guardada.

"¡Se ha ido!" Mouse volvió bajando por la escalera. "¡No está en ninguna parte de la casa del árbol!"

"¿Pero dónde podría estar?" preguntó Rebekah mientras miraba hacia la casa del árbol. Ella ya estaba tratando de resolver el misterio.

"Tal vez Max la tiene", Jaden dijo mirando alrededor. "Él es el único que no está aquí".

"No, mira", Amanda dijo señalando a través del parque al otro lado del claro. "Ahí está".

Max estaba de pie en el borde del claro mirando hacia el cielo.

"¡Max!" Mouse le gritó. "¿Qué estás haciendo?"

Max seguía mirando hacia el cielo. Lentamente levantó la mano en el aire y señaló algo. Mouse,

Rebekah, Jaden y Amanda miraron hacia el cielo. Lo que vieron no era algo que esperaban.

¡Elevándose por encima de ellos con sus alas que aleteaban en el aire estaba el pájaro! ¡Estaba fuera en medio del día a la vista de todos!

"¡Uf!" Mouse jadeó. "¿Cómo pudo haber sucedido eso?", exigió.

"Hacía viento mientras estamos en la escuela", Amanda señaló. "¡Tal vez voló por la ventana de la casa del árbol!"

"¿Pero cómo está volando?" preguntó Mouse mientras Max corría hacia él.

"No creo que esta fuera mi idea de mantener las cosas en secreto", dijo Max con el ceño fruncido. "Estoy seguro de que todo el pueblo está viendo esto".

"Lo siento, Max", Mouse negó con la cabeza. "No sé cómo sucedió esto".

"No importa cómo sucedió", dijo Jaden con un gruñido. "¡Pero tenemos que encontrar la manera de bajarla!"

"Bueno, si está volando tiene que estar conectada a algo", Rebekah señaló. "Recuerden que no podemos ver el cordel de pesca, así que debe estar pegado a algo".

Comenzaron a buscar por la casa del árbol cualquier señal del cordel. Max finalmente encontró el rollo de hilo de pescar pegado a una de las ramas que mantenía la casa levantada.

"¡Aquí está!" anunció. Comenzó a mover el cordel tan rápido como pudo. El pájaro se resistió en el cielo y luego se abalanzó hacia abajo rápidamente, justo cuando una camioneta de noticias se estacionaba en el parque.

"¡Ocúltenla rápido!" dijo Mouse y agarró la sábana debajo de la cual habían ocultado la cometa.

Para cuando la tenían escondida, un reportero y un camarógrafo estaban corriendo a través del claro.

"Niños, niños, ¿lo vieron?", El periodista preguntó y empujó un micrófono hacia ellos. "¿Han visto al pájaro?"

"Uh, yo no vi nada", Max tartamudeó.

"Ninguno de nosotros vio nada", dijo Mouse con firmeza.

"¿Pero no es bonito, acaso?" Amanda sonrió a la cámara. Ella había hecho el ave después de todo.

"Es muy bonito", el reportero estuvo de acuerdo. "¡Si solo pudiéramos averiguar dónde está su nido!"

"Bueno, parecía que podría estar volando hacia el sur para el invierno", Mouse señaló con un encogimiento de hombros.

"Pero es primavera", dijo el periodista.

"Quizá está confundido", Rebekah sonrió a la cámara. "Incluso los pájaros se pierden a veces".

"Quizá", el reportero sonrió y se volteó para mirar a la cámara. "Nos perdimos el pájaro de nuevo, ¡pero no puede ocultarse para siempre!"

"Es seguro que no puede", Max murmuró en voz baja.

"Creo que vamos a tener que aclarar este caso", Mouse frunció el ceño con tristeza.

Capítulo 10

Cuando Max llegó a casa, encontró a su padre y dos de sus amigos científicos esperándolo.

"¡Max, acabamos de verte en la televisión!" dijo el padre de Max con una sonrisa. "¿Has visto al pájaro?"

Max miró a su padre. No estaba seguro de qué decir.

"Yo, eh", Max pasó de un pie al otro. "Sí lo vi", admitió.

"Bueno, ¿viste dónde aterrizó?" uno de los hombres al lado de su padre le preguntó con impaciencia. "¿Crees que podrías ayudarnos a encontrar su nido?"

"No lo sé", Max miró sus zapatos.

"¿Por qué no vamos a echar un vistazo?" el padre de Max sugirió.

"Eso probablemente sería lo mejor", Max asintió. Sabía que Mouse y sus amigos estaban esperando en el parque. Cuando Max llegó al parque con su padre y sus amigos, Mouse y el resto del club secreto estaban escondidos detrás de los arbustos.

"Bien, aquí viene", susurró Rebekah. "Preparen el pájaro".

Mouse se inclinó sobre la cometa y comprobó el cordel para pesca. No se dio cuenta cuando algo se deslizó fuera de su bolsillo.

"¿Listo?" preguntó Jaden mientras giraba en el control remoto. Tenía el otro extremo del cordel atado al coche.

"Listo", Mouse asintió. Jaden condujo el coche a control remoto rápidamente detrás de los arbustos. La cometa voló hacia el cielo.

"¡Allí está!" el científico más alto gritó y señaló hacia el cielo. "¡Pero mira eso!" gritó y sacó su teléfono celular para grabar al pájaro volando por el aire.

"Es increíble", dijo el científico bajo con un movimiento de cabeza.

"Y pensar que mi hijo Max nos llevó directo a él", dijo el padre de Max y palmeó a su hijo en el hombro. Max sonrió un poco y lanzó una mirada a Mouse que decía 'Ayúdame'.

Mouse sabía que ahora las cosas habían ido demasiado lejos. Una cosa era que estuviera en las noticias, pero ahora había verdaderos científicos investigando al pájaro. Alguien iba a descubrir que era un engaño tarde o temprano.

Mouse no quería meter a Max en problemas con su padre por jugarle tal broma. Miró a

Rebekah, quien miró a Jaden, quien le asintió a Amanda. Todos sabían que iban a tener que decir la verdad antes de que las cosas se enredaran aún más de lo que ya estaban.

Capítulo 11

Jaden condujo el coche, que estaba escondido entre los arbustos, para que pasara justo en frente de los científicos. Pero ellos estaban mirando al cielo, no a sus pies. No notaron el coche a control remoto hasta que chocó con los zapatos del científico más alto.

"¿Qué es esto?" jadeó. Se agachó y cogió el coche. Cuando lo recogió, notó el cordel atado a él.

"Mm", dijo y le dio un tirón. Cuando lo hizo, la cometa comenzó a acercarse más al suelo.

"¡Mira, va a aterrizar!" el científico bajo dijo y señaló al cielo.

"Oh, sí que va a aterrizar", el científico alto dijo mientras se levantaba y comenzaba a tirar más fuerte del cordel para pesca.

"Max, ¿qué está pasando aquí?" su padre le preguntó mientras la cometa caía al suelo.

"Papá, puedo explicarlo", Max empezó a decir.

"En realidad, Sr. Harper, yo puedo explicarlo", dijo Mouse mientras caminaba hacia él. La cometa aterrizó en la hierba no muy lejos de ellos.

"Eso no es realmente un pájaro", Mouse suspiró mirando la cometa. "Solo hicimos que se viera como uno".

"Mm", dijo científico bajo. "¿Te refieres a que nuestra rara ave es un fraude?"

"Sí", Rebekah admitió parándose junto a Mouse. Jaden levantó el mando a distancia que controlaba el coche mientras caminaba. Amanda señaló las plumas en la cometa.

"Hice un buen trabajo con las alas ¿eh?" ella sonrió encantadoramente.

Los científicos estaban en silencio, entre ellos el padre de Max. Mouse estaba nervioso de que se enojaran mucho.

"Dime esto, joven", el científico bajo dijo mirando a Mouse con severidad. "Si eso no es un pájaro de verdad, ¿entonces por qué todavía está en movimiento?" preguntó.

Capítulo 12

Mouse miró la cometa a tiempo para verla corretear por el césped.

"¿Eh?" Mouse preguntó con sorpresa.

"¡Mouse, la cometa se está escapando!" chilló Rebekah.

"¡Atrápenla!" Mouse gritó. "¡No quiero perderla!"

Max, Mouse, Rebekah, Amanda y Jaden comenzaron a perseguirla a través del campo, con los científicos observando.

La cometa corrió directamente hacia los científicos. Antes de que Mouse pudiera alcanzarla, había chocado con sus zapatos. El papá de Max se agachó para tomarla.

Incluso después de que la tomara por las alas, la cometa siguió moviéndose como si estuviera tratando de escapar. Cuando Mouse patinó hasta detenerse junto a él, el papá de Max estaba inspeccionándola de cerca.

"Bien, bien", dijo con una sonrisa lenta. "Puede ser que nos hayamos perdido descubrir un pájaro raro, pero creo que hemos encontrado un animal aún más raro".

"¿Qué?" preguntó Max con sorpresa mientras miraba a su padre. Mouse y Rebekah se miraron y luego a Jaden y Amanda. No tenían idea de qué hablaba el padre de Max.

"Parece que hemos encontrado nuestro primer ratón volador", dijo el padre de Max con orgullo sacando un pequeño ratón blanco del interior de la cometa.

"¡Wilbur!" Mouse dijo con sorpresa. "¿Cómo llegaste ahí?" resopló mientras el padre de Max le entregaba el ratón.

"Parece que quería probarse unas alas", dijo con una sonrisa.

"¿No estás enojado, papá?" Max preguntó nerviosamente.

"¿Enojado?" su padre negó con la cabeza. "En realidad no. Estoy seguro de que todos estamos un poco decepcionados", dijo mirando a sus amigos. Los dos hombres asintieron, pero el más alto sonrió.

"Pero el hecho de que todos ustedes fueran capaces de lograr esto y engañarnos incluso a nosotros, ¡solo sirve para demostrar que la nueva generación realmente ama la ciencia!" él se rio.

"Estoy esperando ver buenas cosas de ti en el futuro, jovencito", dijo el científico bajo y palmeó a Max en la cabeza.

El Club Secreto de Mouse #8

¡Mouse, el Ninja!

PJ Ryan

El Club Secreto de Mouse

#8: ¡Mouse, el Ninja!

Capítulo 1

Mouse despertó con una idea. Tuvo un sueño acerca de ser un ninja. Era muy divertido estar vestido todo de negro y escabullirse por ahí. Cuando se despertó, el sueño de ser un ninja le hizo pensar en una broma perfecta que jugarle a sus amigos.

Mouse tenía su propio club, un club secreto... El Club Secreto de Mouse para ser exactos. Sus amigos eran miembros de este club. Juntos planificaban las mejores bromas.

Por lo general, trabajaban en equipo, pero a veces a Mouse le gustaba jugar una broma por sí mismo. Su sueño de ser un ninja le hizo pensar en una perfecta broma de ninja.

Cuando Mouse llegó a la escuela, estaba listo para comenzar su travesura. Había pasado bastante tiempo desde la última vez que jugó una broma a los miembros de su club y estaba apostando a que ellos ni siquiera sospecharían de él. Esta vez iba a hacer una buena.

En un bolsillo, tenía una botella de baba verde. En el bolsillo de su camisa, tenía a su ratón mascota Marty. Él era un ratón muy curioso. Siempre estaba sacando su nariz del bolsillo de Mouse. No trataba de escapar, solo quería ver todo lo que estaba sucediendo a su alrededor.

Mientras Mouse caminaba por el pasillo, la naricita de Marty sobresalía del bolsillo. Los pasillos estaban llenos de niños tratando de llegar a sus casilleros y volver a clase a tiempo.

Mouse era el único que parecía no tener prisa. Eso era porque ya tenía permiso para llegar tarde a su primera clase. El Sr. Cooper había estado de acuerdo en ello, para que Mouse pudiera recoger una pila de libros de la biblioteca que sus estudiantes comenzarían a leer.

Mouse escaneó a todos los niños en busca de sus amigos. Vio a algunos de ellos e hizo todo lo posible para evitarlos. No quería que lo vieran antes de empezar las clases. Sonrió cuando la campana sonó.

Una vez que era seguro, Mouse se arrastró hasta el casillero de su mejor amiga Rebekah. Ella era una gran detective y a Mouse le encantaba jugarle bromas para ver si podía averiguar quién lo había hecho. Esto la hizo el mejor primer objetivo. Además, él sabía la combinación de su casillero, lo que era muy útil.

Una vez que tenía el casillero abierto, le arrebató su libro de historia de la repisa superior de su casillero. Era su libro más pesado y no le gustaba tener que llevarlo todo el día, así que siempre lo ponía en el mismo lugar en su casillero.

Él lo metió dentro de su mochila; luego, recubrió la repisa con la baba verde. Trató de no reír, ya que esperaba que ella pensara que un alienígena o una muy viscosa babosa verde habían invadido la escuela. Ella nunca sospecharía de un Mouse ninja.

Corrió por el pasillo con el libro de historia de ella escondido en su mochila. Patinó hasta detenerse frente a una de las aulas vacías y desapareció en el interior de esta.

Unos momentos después, salió a escondidas y se dirigió por el pasillo para recoger los libros de la biblioteca y devolverlos a la clase del Sr. Cooper. Se sentía muy seguro de su truco mientras entraba en el aula.

"Buen trabajo, Mouse", dijo el Sr. Cooper tomando la pila de libros. "Yuck, ¿qué es esto?" le preguntó señalando una mancha de baba verde en uno de los libros.

"Lo siento", dijo Mouse y lo limpió con la esquina de su camisa.

"Oh, Mouse", el Sr. Cooper suspiró y sacudió la cabeza. Mouse sonrió y se sentó.

Capítulo 2

Después de clase, Mouse salió a la caza de su próxima víctima. Conocía todos los horarios de sus amigos. Su próximo objetivo era Jaden.

Jaden era alguien difícil de bromear porque siempre estaba moviéndose. Incluso cuando estaba de pie y tranquilo, generalmente golpeaba el suelo con su pie o su mano contra su pierna. La mayor parte del tiempo, tenía algún tipo de pelota para patearla o lanzarla. Él practicaba un montón de deportes para tratar de quemar un poco de esa energía.

Jaden tenía gimnasia al mismo tiempo que la clase de matemáticas de Mouse. Él es un genio en matemáticas. Podía sumar, restar y multiplicar con los ojos cerrados; bien, la mayoría de los otros niños de su clase también podía hacerlo, pero aún era muy bueno en matemáticas.

Terminó su tarea muy rápidamente y luego levantó la mano.

"Sra. Barkley, ¿puedo tener un pase para el baño?" preguntó Mouse con un chillido en su voz para que sonara como una emergencia. Puesto que ya estaba listo con su tarea, la Sra. Barkley le dio el pase.

"Date prisa", dijo con severidad. "¡Nada de pasear en los pasillos!"

Mouse asintió y salió rápidamente del salón. Tan pronto como estaba en el pasillo, se echó a correr. Era en contra de las reglas correr en la escuela, pero ya que tenía un pase para el baño, la mayoría de los monitores del pasillo no le prestó atención.

Mouse corrió hasta el baño y luego cruzó hacia la izquierda y se dirigió al gimnasio. Se deslizó dentro cuando nadie miraba y se escondió detrás de las gradas.

Jaden estaba en el gimnasio con sus amigos. Tenía su zapato sobre una pelota de fútbol para poder atarse los cordones. Mouse observaba desde detrás de las gradas. Esperó hasta Jaden pusiera su pie en el suelo. Luego, hizo rodar una pelota de baloncesto al centro del gimnasio desde detrás de las gradas.

Cuando Jaden vio rodar el balón, no pudo resistirse. Lo cogió y lo rebotó hacia el aro de baloncesto para hacer un tiro. Rápido como un rayo, Mouse saltó desde detrás de las gradas y agarró el balón de fútbol de Jaden. Dejó unas cuantas gotas de baba verde donde la pelota había estado.

Una vez que Jaden hizo su tiro, dio media vuelta y volvió corriendo para buscar su pelota de fútbol. Por supuesto, no estaba por ningún lado. Jaden estaba confundido cuando llegó al lugar donde había estado.

"¿Alguien tomó mi pelota?" preguntó mientras miraba a sus amigos. Nadie la tenía. Jaden se volteó y, al hacerlo, dio un paso justo sobre la baba verde. Su pie resbaló y se deslizó en la sustancia viscosa.

"¡Ah!" gritó cuando perdió el equilibrio y terminó aterrizando justo sobre su trasero en el duro piso del gimnasio. "Auch", refunfuñó, pero mientras se levantaba, descubrió algo mucho peor, había aterrizado justo sobre el montón de baba.

¡Sus pantaloncillos de gimnasia estaban cubiertos de baba verde! Mouse trató de no reírse desde su escondite detrás de las gradas. No había querido que los pantaloncillos de Jaden se estropearan, pero era bastante divertido y solo eran shorts de gimnasia. Jaden suspiró y caminó a los vestuarios para cambiarse.

Durante su ausencia, Mouse se deslizó fuera del gimnasio y corrió de vuelta a su clase. Cuando entró en su salón de clases, la maestra estaba levantándose para buscarlo.

"Siento haber tardado tanto, Sra. Barkley", dijo Mouse mientras le devolvía el pase. La Sra. Barkley asintió y lo dirigió a su asiento.

Mouse trató de ocultar su sonrisa mientras se sentaba en su silla. Estaba seguro de que Jaden estaba buscando su pelota de fútbol.

Después de que Jaden se había cambiado, volvió a entrar en el gimnasio en busca de su pelota de fútbol.

"No pudo haber simplemente desaparecido", frunció el ceño mientras miraba donde había visto la pelota por última vez. "Sé que la dejé aquí".

Se agachó para ver más de cerca la viscosa sustancia verde que estaba en el suelo.

"Qué extraño", murmuró y sacudió la cabeza. Estaba seguro de que alguien o algo se había

llevado su pelota y estaba decidido a descubrir quién había sido.

"Jaden, ¿por qué no tienes tus pantaloncillos de gimnasia?" la Sra. Vincenzo, su maestra de gimnasia, preguntó.

"Me resbalé con una baba", Jaden trató de explicar, pero la mirada en el rostro de la Sra.

Vincenzo le hizo darse cuenta de que ella no entendería. "Alguien me robó el balón de fútbol", añadió con el ceño fruncido.

"Estoy segura de que solo fue guardada con los otros materiales deportivos", la Sra. Vincenzo se encogió de hombros. "Puedes revisar allí después de la clase".

"Está bien", Jaden asintió con tristeza, pero incluso después de clase cuando buscó en el armario del equipo, no encontró su pelota de fútbol.

Capítulo 3

Mouse tenía almuerzo en su próximo periodo de clases, pero no estaba interesado en comer. Se metió en el comedor el tiempo suficiente para ser contado como presente y luego se deslizó fuera.

Él había traído consigo la herramienta perfecta para conseguir la atención de Amanda. Sabía dónde estaría, ya que compartían un período de almuerzo, pero en realidad ella nunca se presentaba.

Esta vez, tenía que tener cuidado en el pasillo. Él no tenía pase para estar caminando por ahí y los monitores de pasillo eran mucho más estrictos durante las horas de almuerzo.

Se abrió paso cuidadosamente por los pasillos, agachándose en las puertas cuando oía pasos. ¡No quería ser atrapado porque entonces su juerga de bromas podría terminar!

Cuando llegó a la sala de arte, dio un suspiro de alivio.

Amanda estaba tarareando para sí misma mientras armaba un collage en la clase de arte. Ella se había quedado más tarde que el resto de los niños, ya que le gustaba pasar su periodo de almuerzo trabajando en sus proyectos de arte.

Estaba sola en el salón de clases cuando Mouse se asomó por la puerta. Sonrió para sí mismo y sabía exactamente cómo conseguir que Amanda saliera de la habitación. Metió la mano en su bolsillo y sacó una botella de brillantina. La botella estaba atada a una cuerda.

Rodó la botella en la sala de arte y se agachó. Para su suerte, golpeó la mesa en la que Amanda estaba trabajando. Ella se quedó sin aliento por la sorpresa y miró la botella.

"Extraño", murmuró y se agachó para recogerla. Mouse tiró un poco de la cuerda y la botella se apartó de Amanda.

"Oye, ¡vuelve aquí!" Amanda exigió y se levantó a perseguirla. Mouse le dio a la cadena otro tirón y la botella de brillantina rodó hasta el vestíbulo. Antes de que Amanda pudiera llegar a la puerta, él arrojó la botella por el pasillo fuera de la puerta del aula.

"¡Uhh!" ella persiguió la botella de brillantina.

Mouse se metió en el salón de clases. Sabía que tenía que trabajar rápido. Marty asomó la nariz por el bolsillo de Mouse. Él tomó el pegamento favorito de Amanda. Era una botella especial que ella siempre tenía encima y que guardaba para sus proyectos más importantes. Él puso un
poco de la baba verde en la mesa junto a su proyecto de arte.

Mientras daba la vuelta para correr fuera de la habitación, Marty se deslizó fuera de su bolsillo. Mouse lo agarró y lo metió en su bolsillo antes de que pudiera escapar.

Se apresuró a salir de la habitación justo cuando Amanda estaba dando la vuelta para caminar de regreso a la sala de arte. Se agachó a la vuelta de la esquina antes de que ella pudiera verlo.

"¡Lo hicimos bien, Marty!" Mouse dijo felizmente mientras palmeaba la parte superior de la cabeza de su mascota. Marty movió su nariz y luego se metió de nuevo en el bolsillo de Mouse.

Cuando Amanda volvió a entrar en el aula con la botella de brillantina, estaba muy confundida.

"Tal vez lo pateé", murmuró para sí misma y dejó la botella en el estante de suministros.

Cuando volvió a sentarse en su escritorio, suspiró y miró por encima del collage.

Era una colección de fotos y recuerdos de todas las bromas que ella y los demás miembros del Club Secreto de Mouse habían jugado. Nadie más sabría lo que significaban, pero ella pensó que se vería muy bien en la casa del árbol donde celebraban sus reuniones del club.

Cogió la imagen que quería añadir ahora y buscó su botella especial de pegamento. Pero solo encontró aire.

Sorprendida, buscó por la mesa. Miró debajo de los montones de fotos y otros materiales de arte, pero no estaba allí. Miró debajo de la mesa, pero tampoco estaba allí. Cuando puso su mano sobre la mesa, sintió algo extraño.

"Iugh", ella jadeó mientras levantaba su mano para encontrar baba verde por toda su palma.

También había algo más y parecían pequeñas huellas. No tenía idea de qué podría robarle el pegamento y dejar atrás un rastro de baba y diminutas huellas.

"¿Tal vez un duende extraterrestre?" pensó y se rascó la cabeza. Luego se dio cuenta de que se había rascado la cabeza con la mano cubierta de baba. "¡Iugh!" gritó de nuevo y tomó algunas toallas de papel para limpiar su mano y cabello.

Capítulo 4

Mouse volvió a la sala de almuerzo justo a tiempo para tomar una manzana. Se desplomó en una silla y suspiró. Todo este trabajo ninja lo había cansado bastante, pero sabía que daría sus frutos al final. ¡Iba a ser la mejor broma de la historia!

Solo le quedaba Max como objetivo. Mouse sonrió mientras tomaba un bocado de su manzana.

Deslizó un pedazo de queso en su bolsillo frontal para Marty, quien lo agarró con sus patas cubiertas de baba verde. Pero Mouse estaba demasiado ocupado sonriendo para notar los pies de Marty, que devoraba el queso.

Pero antes de ir tras Max, él quería ver la reacción de Rebekah a su libro de historia faltante. Sabía que era su siguiente clase. Cuando el almuerzo había terminado, se dirigió a su casillero para poder ver lo que pensaba de la viscosa sustancia verde.

Rebekah abrió su casillero y metió la mano para tomar su libro de historia. Sabía que lo había dejado en el estante superior para encontrarlo fácilmente. Solo tenía unos pocos minutos entre clases.

Cuando lo trató de agarrar en la repisa superior, no había nada allí. Bueno, sí había algo, una horrible viscosidad.

"¡Uhh!" ella gritó cuando retiró la mano. La baba era verde y resbaladiza. "¡Asco!"

"¿Qué pasa, Rebekah?" preguntó Mouse mientras caminaba a su lado. Estaba tratando de no sonreír.

"Mi libro de historia está desaparecido", gruñó ella y le mostró su mano. "Todo lo que ahí es esto".

"Iugh", él arrugó la nariz y buscó en su mochila. Sacó un pañuelo y se lo dio para que pudiera limpiar su mano. "¿Estás segura de tu libro de historia está perdido?" preguntó. "Tal vez lo dejaste en alguna parte".

"Sé que lo dejé allí mismo, en la repisa superior", dijo Rebekah severamente. "Incluso si lo dejé en otro lugar, eso no explica la baba, ¿o sí?"

Ella entrecerró los ojos y miró su casillero. "Voy a resolver esto", dijo con determinación.

Mouse sonrió un poco, pero asintió con la cabeza. En ese momento, sonó el timbre y Rebekah suspiró.

"Bien, ahora llegaré tarde y sin preparación", suspiró mientras se apresuraba por el pasillo.

Cuando llegó a su clase de historia y entró, vio su libro de historia. Estaba justo sobre su escritorio. "¡Extraño!" dijo mientras cogía el libro.

Vio a Mouse pasar por la puerta del aula con un saludo rápido. Rebekah no sabía cómo su libro de historia había llegado a su salón de clases sin ella, o por qué no había una baba verde en su casillero, pero se alegraba de que tenía lo tenía de vuelta a tiempo para la clase.

Capítulo 5

Max estaba en clase de ciencias, su clase favorita del día. Mouse podía verlo por la ventana desde fuera de la escuela. Mouse tenía gimnasia para su última clase del día y estaban corriendo en el campo detrás de la escuela.

Se escabulló en la segunda vuelta para poder acercarse sigilosamente a Max, quien llevaba gafas de seguridad y guantes gruesos mientras trabajaba en su proyecto. El maestro estaba caminando entre cada una de las mesas, mirando de cerca.

Mouse vio su objetivo. Era el cuaderno de laboratorio Max. Mantenía un registro de todos sus experimentos y resultados. Él siempre lo llevaba consigo.

Mouse cogió un montón de hierba y lo arrojó a la ventana. Hizo un sonido suave cuando la golpeó, pero fue lo suficientemente fuerte como para llamar la atención de Max, quien miró con sorpresa hacia la ventana. Mouse lanzó otro montón de hierba.

"Sr. Bell, mire esto", Max llamó mientras caminaba hacia la ventana. El Sr. Bell y otros estudiantes en la clase se acercaron a la ventana para ver lo que estaba pasando. Mouse lanzó unos cuantos montones de hierba hacia la ventana.

"Qué extraño", dijo el Sr. Bell. "Esto suena como la cosa perfecta que investigar. ¿Por qué no salimos y echamos un vistazo? ¿Alguna teoría?" preguntó mientras dirigía a los estudiantes fuera del aula.

Mouse abrió la ventana cuando todos estaban fuera del aula. Saltó a la habitación y cerró la ventana detrás de él. Metió la mano en el bolso de Max y agarró su cuaderno de laboratorio.

Marty se deslizó de su bolsillo cuando lo hizo.

"Ups", Mouse murmuró y metió la mano en el bolso de Max para agarrar a su mascota. Luego, roció un poco de baba verde en la cremallera del bolso.

Se apresuró a salir del salón con el cuaderno de Max antes de que los estudiantes regresaran.

Cuando Max volvió a su escritorio después de no encontrar algo interesante fuera, regresó a su experimento. Buscó su cuaderno para hacer una nota, pero no estaba en su escritorio. Miró en su bolso y no lo encontró allí tampoco, pero sí encontró baba verde en la cremallera.

"Iugh", murmuró y utilizó una toalla de papel para limpiarla. Miró por todo el salón de clases en busca de su cuaderno, pero no estaba por ningún lado.

Capítulo 6

Amanda estaba echando humo para cuando llegó a su casillero. No podía encontrar su pegamento favorito en ningún lugar. Estaba metiendo sus libros cuando notó algo en el fondo de su mochila. ¡Era el pegamento!

"¿Cómo llegó hasta aquí?" preguntó con confusión. Sabía que nunca lo puso en el fondo de su bolso. Podría haberse aplastado y manchar sus libros. "Extraño", ella negó con la cabeza, pero estaba contenta de tenerla de vuelta. La dejó con cuidado dentro de su casillero y luego se apresuró a coger su autobús.

Jaden no quería salir de la escuela sin su pelota de fútbol. Pero sabía que si perdía el autobús, sería un largo camino a casa. Había días en que le gusta caminar, pero hoy estaba muy molesto.

Quería llegar a casa y ver si de alguna manera su pelota había aparecido por arte de magia en su habitación. Cuando fue a sentarse en su asiento habitual en el autobús, ¡casi lo hacía sobre su pelota de fútbol!

"¿Cómo llegó esto aquí?" Jaden preguntó con sorpresa. Miró alrededor del autobús, pero ninguno de los otros niños parecía saber. Estaba feliz de tenerla de vuelta, pero todavía estaba molesto por que alguien la hubiera tomado en primer lugar.

Capítulo 7

Rebekah llamó a todos después de la escuela. Había escuchado acerca de todas las cosas perdidas que luego fueron encontradas. Siendo la detective que era, quería llegar al fondo de esto.

"Creo que tenemos que reunirnos", explicó. "Creo que algo extraño está pasando".

Todos sus amigos estuvieron de acuerdo. Todos, excepto Mouse, por supuesto.

"Creo que estás siendo demasiado suspicaz, Rebekah", dijo Mouse con una risa. "Estoy seguro de que no es nada".

"Yo no llamo nada a tener baba verde en mi casillero", Rebekah señaló con gravedad.

"Está bien, estaré allí", Mouse prometió. Se sentía un poco nervioso por acordar a la reunión. ¿Se darían cuenta de que él había sido el que estaba detrás de todo esto?

Él tenía un plan, para el día siguiente, de aparecer en la escuela con un traje de ninja y realmente sorprenderlos al revelarse que él fue el que les jugó la broma, pero si se daban cuenta antes de entonces, su broma se arruinaría.

Cuando llegó a la casa del árbol, todos estaban ya allí.

"Bueno, al menos tenemos todo de vuelta", Amanda estaba diciéndole a Jaden cuando Mouse subió a la casa del árbol.

"¿Tener qué de vuelta?" preguntó Mouse inocentemente mientras se sentaba a la mesa con el resto de sus amigos.

"A todos nos robaron algo hoy", Rebekah explicó en un tono serio. "Tomaron mi libro de historia, A Jaden le robaron su pelota de futbol; Amanda, su pegamento especial y a Max le quitaron su cuaderno", Rebekah suspiró y negó con la cabeza. "¿No tomaron nada tuyo,

Mouse?" preguntó ella.

"Ahora que lo mencionas", dijo Mouse rápidamente. "¡Mi almuerzo no estaba hoy!" no sabía qué más decir, ya que tuvo que pensar en algo rápido.

"Bueno, yo recuperé mi balón de fútbol, ¡estaba en mi asiento en el autobús!" Jaden dijo con un gemido.

"Mi libro de historia estaba en mi clase de historia", Rebekah frunció el ceño. "No tiene ningún sentido. ¿Por qué tomar algo solo para devolverlo?"

"No lo sé, pero me sentí muy feliz cuando encontré mi pegamento en mi bolso", Amanda arrugó la nariz. "Aunque hubiera estado más feliz sin esa baba viscosa".

"Bueno, ya ven, si recuperaron todo, entonces nada fue robado en realidad", Mouse se encogió de hombros como si no fuera gran cosa.

"¿Uh, hola?" Max hizo un gesto con la mano en el aire. "¡No he recuperado mi cuaderno y significa el mundo para mí!"

Los ojos de Mouse se abrieron cuando se dio cuenta de que se había olvidado de poner el cuaderno de Max debajo de su escritorio. Había tenido tanta prisa de colocar la pelota de fútbol de Jaden en su autobús que había olvidado por completo el cuaderno de Max. ¡Todavía estaba en su mochila!

"Oh, lo siento mucho, Max", dijo Mouse con el ceño fruncido. Max asintió con tristeza.

"Un lo siento no es suficientemente", Rebekah anunció bruscamente. Mouse se estremeció, estaba seguro de que Rebekah había descubierto que era él. Por suerte, cuando ella continuó, estaba claro que no se había dado cuenta.

"¡Tenemos que averiguar quién hizo esto, recuperar el cuaderno de Max y cubrir al criminal con baba verde!" dijo ella con severidad.

"Bueno ¿no crees que eso es ir un poco lejos?" preguntó Mouse nerviosamente.

"¡No!" Amanda elevó la voz. "Me llené el cabello de esa viscosidad, Mouse", señaló sus oscuras olas. "¡Mi cabello!", añadió en un tono de voz alto.

"Oh", Mouse hizo una mueca. "Eso suena mal".

"Y por mi parte, no me gusta que nadie se meta en mi casillero", dijo Rebekah con un resoplido.
"Tengo suministros de detective muy importantes allí".

"Sin mencionar que mi balón de fútbol es como mi mejor amigo", Jaden señaló. "¡¿Quién sabe lo que podría haberle sucedido?! ¿Y si hubiera caminado a casa en lugar de tomar el autobús?"

Mouse frunció el ceño, no había pensado en eso.

"Y si no recupero mi cuaderno, ¡todo el trabajo duro que he hecho durante todo el año no importará! Tengo todos mis experimentos y resultados allí" Max bajó la cabeza. "Supongo que debería haber tenido más cuidado con él".

Mouse en realidad se sentía mal por sus amigos. Su broma no estaba resultando ser tan divertida como él esperaba, pero él no quería decirles la verdad. Tenía una idea mejor. ¡Tenía otro plan!

"Escuchen, chicos, lo siento por todo esto; pero como no me devolvieron mi almuerzo, me muero de hambre. ¿Podemos hablar de esto mañana?" preguntó esperanzado.

"Está bien, supongo", dijo Rebekah con los labios fruncidos.

"Mañana", Jaden asintió.

"¿Cómo se supone que voy a llegar a mañana sin mi cuaderno?" Max gimió.

"No te preocupes, Max, tal vez lo recuperes antes de eso", Mouse sugirió; luego, se apresuró a salir de la casa del árbol.

Capítulo 8

Corrió todo el camino a casa. Se puso el traje de ninja que estaba guardando para el día siguiente. Cogió el cuaderno de Max y comenzó a correr de nuevo fuera de la casa, cuando su madre lo llamó.

"Mouse, mi pequeño ninja, ¿a dónde vas?"

Mouse se congeló y gimió en voz baja. ¿Qué clase de ninja era si ni siquiera podía escabullírsele a su madre?

"Solo saldré por un momento, mamá", dijo Mouse por encima del hombro.

"No, no lo harás, jovencito", dijo con severidad. Los ojos de Mouse se abrieron mientras se preguntaba si estaba en problemas por algo.

"No sin la basura", le recordó.

"Oh, lo siento", dijo Mouse rápidamente. Se apresuró a la cocina, agarró la basura, y la dejó caer en el bote de basura.

Su vecino de enfrente también estaba sacando su basura. Se quedó mirando extrañamente a
Mouse en su traje ninja. Mouse saludó con la mano y luego corrió por la calle hacia la casa de Max.

Tenía la esperanza de que Max todavía estuviera en la casa del árbol. Cuando llegó, vio el coche de la madre de Max en la entrada. También vio que el bote de basura seguía vacío. Se agachó detrás de los arbustos mientras la madre de Max sacaba la basura por la puerta principal. Como esperaba, dejó la puerta abierta.

Mouse corrió a la casa y subió las escaleras hasta la habitación de Max. Dejó caer el cuaderno justo en el medio de la mesa; luego, se dio la vuelta para correr en la otra dirección. Cuando lo hizo, casi se topó con Max, quien estaba caminando hacia su habitación.

"Lo siento, mamá; recordaré sacar la basura la próxima vez, ¡lo prometo!" él estaba diciendo.

Mouse se escondió debajo de la cama de Max, quien suspiró y dejó caer la mochila en el suelo.

Se acercó a su escritorio y se sentó. Entonces, se quedó sin aliento.

"¡Mi cuaderno! ¡Está aquí!" dijo alegremente. "¡Mouse tenía razón!"

Cogió el teléfono y llamó a Rebekah. "Adivina qué, ¡mi cuaderno estaba aquí cuando llegué a casa!" dijo alegremente. "Sí, tienes razón", acordó con algo que dijo Rebekah. "Claro, buena idea, ¡ven de una vez!" dijo antes de colgar.

Mouse hizo una mueca. Sabía que si Rebekah llegaba a la casa de Max, se quedaría atascado bajo la cama de Max por bastante tiempo.

Peor aún, Marty se había retorció hasta salir del bolsillo de Mouse debajo de su traje ninja. El ratón se arrastró hasta el cuello del traje ninja, haciéndole cosquillas en todo el camino. Mouse tuvo que taparse la boca para no reír, lo que significaba que no podía coger a Marty.

Vio como el ratón correteaba por la alfombra de Max, dejando huellas de baba verde a su paso.

"¡Max!", su madre llamó desde abajo. "¡Tu amiga está aquí!"

Mouse suspiró con alivio cuando Max salió de su habitación para saludar a Rebekah.

Mouse salió de debajo de la cama, cogió Marty y se escabulló de la habitación y entró al baño.

Una vez que escuchó a Max y Rebekah entrando en la habitación, se deslizó fuera del baño.

Salió corriendo por la puerta principal y la cerró silenciosamente. Corrió todo el camino a casa. Para cuando llegó allí, estaba agotado. Pero, al menos, Max había recuperado su cuaderno.

Capítulo 9

Estaba tan cansado que decidió dormir una siesta. Colocó a Marty en la gran jaula de ratones que tenía sobre la mesa en su habitación. Después arrojó el traje del ninja en el suelo y se dejó caer en su cama. Se durmió en cuestión de minutos.

Cuando Mouse abrió los ojos, ya estaba oscuro. Podía oler su cena siendo cocinada. Se sentó en su cama y se frotó los ojos. Cuando puso sus pies en el suelo, sintió algo pegajoso debajo de ellos.

"¿Eh?" parpadeó y tomó su lámpara para encender la luz. Cuando agarró la cadena para halarla, se encontró con que también estaba pegajosa. "¡Iugh!" jadeó y encendió la luz. ¡Su mano estaba cubierta en baba verde, al igual que sus pies! ¡De pie en su habitación estaban cuatro ninjas! Al menos eso es lo que parecían, todos vestidos de negro, con pasamontañas negros en sus rostros.

"¡Creo que hemos atrapado a un Mouse ninja!" uno de ellos anunció. Mouse reconoció la voz.
¡Era Jaden! Antes de que pudiera decir una palabra para defenderse, todos ellos revelaron
pistolas de agua que habían sido escondidos detrás de sus espaldas. ¡Dispararon las pistolas y
salió viscosidad verde! Rociaron a Mouse de pies a cabeza.

"¡Ah! ¡Alto!" Mouse declaró y trató de meterse debajo de su manta.

"¡Eso es lo que recibes, Mouse, el ninja!" gritó Rebekah mientras se quitaba su máscara. "¡No es divertido jugarle bromas a tus amigos!" dijo y se puso las manos en las caderas.

"Bueno, fue un poco divertido", admitió Amanda mientras se quitaba su máscara. Mouse estaba tratando de limpiar la mugre de su rostro.

"Y ahora es muy divertido", Max se rio mientras se quitaba su máscara.

Jaden también reía mientras se la quitaba. "¡Qué bueno que Rebekah te descubrió!"

"Por supuesto que lo hizo", Mouse gimió. "¿Pero cómo?"

"Tu pequeño ratón dejó huellas", Rebekah rio. "Encontramos huellas minúsculas y sabía que tenías que ser tú; además, a ti no te quitaron nada. Luego, después de Max dijo que no había recuperado su cuaderno, ¡te fuiste y de repente había regresado! Luego, por supuesto, había más huellas de ratón".

"Oh y esto lo confirmó", Amanda añadió recogiendo el traje de ninja del suelo.

"Además, tu vecino estaba despotricando sobre ninjas y basura cuando entramos", Jaden señaló con una ceja levantada. "Creo que está un poco asustado".

"Je, uups", Mouse sonrió. "Pero tienen que admitir que fue la mejor broma de la…" empezó a decir. ¡No pudo terminar porque sus amigos apuntaron con sus pistolas de agua y lo cubrieron en la viscosa baba verde de nuevo!

Siguientes Pasos

Este libro es parte de una serie de libros para niños, "El Club Secreto de Mouse".

¡De verdad me encantaría oír de ustedes!

De verdad aprecio sus opiniones y comentarios así que gracias por adelantado por tomar su tiempo para dejar uno para "El Club Secreto de Mouse: Libros 1-8".

Visita el sitio web del autor en:
PJRyanBooks.com

Sinceramente,
PJ Ryan

Ahora disponible en audio.

El Club Secreto de Mouse ahora está disponible como audio-libro (en Inglés).

¡Mas versiones de audio muy pronto!

Visita el sitio web del autor en:
PJRyanBooks.com

Otros Títulos

Todos los títulos de PJ Ryan se pueden encontrar aquí

http://www.amazon.com/author/pjryan

*¡Visita la pagina del autor para ahorrar en grande en un conjunto de paquetes especiales!

****

Títulos actualmente disponibles en español

"Rebekah - Niña Detective"

#1 El Jardín Misterioso
#2 Invasión Extraterrestre
#3 Magellan Desaparece
#4 Cazando Fantasmas
#5 Los Adultos Van a Atraparnos
#6 Las Gemas Perdidas
#7 Nadando con Tiburones
#8 ¡Magia Desastrosa!
#9 Misterio en el Campamento de Verano
#10 Hamburguesas Zombi
#11 El Secreto de Mouse
#12 El Helado Perdido
#13 El Muñeco de Nieve Fantasma
#14 Negocios de Monos
#15 Magia Científica
#16 ¡Silencio en el Plató!

Made in the USA
Columbia, SC
20 August 2019